이제는 행복할 차례가 된,

_____ 님께

이 책을 드립니다.

다툼이 상처로
남지 않으려면

다툼이 상처로
남지 않으려면

펴 낸 날   2021년 1월 26일 초판 1쇄

지 은 이   감정수학자
펴 낸 이   박지민
책임편집   김정웅
책임미술   롬 디
일러스트   나 산
마 케 팅   박종천, 박지환

펴 낸 곳   모모북스
　　　　　서울특별시 동대문구 완산로81, 203-1호(두산베어스 타워)
　　　　　전화 010-5297-8303   팩스 02-6013-8303
　　　　　등록번호 2019년 03월 21일 제2019-000010호
　　　　　e-mail pj1419@naver.com

ⓒ 감정수학자, 2021
ISBN 979-11-90408-13-4 03800

다툼이 상처로
남지 않으려면

"너에게 상처로 기억되고 싶지 않아."

감정수학자 에세이

<작가의 말>

삶에는 이면이 있다. 행복한 삶을 원하기에 불행의 구체적인 기준이 생기는 법이고, 예쁜 사랑을 원하기에 예쁘지 못한 사랑의 기준도 뚜렷해진다. 그렇다고 하여 행복이나 예쁜 사랑을 미리 포기해서도 안 된다.

간혹, 행복을 원했지만 불행이 너무 커져서 혹은 예쁜 사랑을 원했지만 상처만 받는 바람에 더는 행복도 사랑도 원치 않는 경우가 있다. 하지만 미리 포기하고 살기엔 이것들이 삶에 주는 영향력은 좋고 막대하다.

차라리 불행과 예쁘지 못한 사랑이 무엇인지 알아가는 편이 낫다. 행복을 마냥 좇는 것보다 불행의 원인을 찾고 극복하는 게 행복에 다가가는 길이 되리라 믿기에. 마찬가지로 못난 사랑의 기준을 알 때에야 비로소 예쁜 사랑의 소중함도 알게 될 테니. 소중함을 아는 사람만이 그 가치를 지키는 방식도 배울 수 있을 것이다.

빛이 있으니 그림자도 있는 법. 이 책은 겉으로 보이는 화려한 연애의 이면을 다룬다. 그림자를 이해할 때 빛을 이해할 수 있으리란 믿음으로, 아픔과 상처 그리고 갈등 속에서 진정한 사랑의 의미를 찾아보고자 했다.

그토록 아팠다면, 이제 당신이 행복할 차례입니다.

그리고

모든 순간이
너와 나로 시작했고,
나와 너로 끝났던
그 시절의 우리에게

이 책을 바칩니다.

차례

1

그러니 '있을 때 잘하자는 말'

돌아가면 해주고 싶은 말 '~해주기'

3

참 예쁜 '너'에게

4

아팠던 날들의 말들

위로의 한마디

상처를 지우는 말들

1

그러니
'있을 때 잘하자는 말'

하루에 한 번씩 궁금해하기

마음을 준다고 해서 다 사랑은 아니다. 사람마다 사랑을
느끼는 순간이 다르기에 받고 싶은 사랑의 형태도 다르다.
그걸 배려하지 않고 주는 사랑은 나만 기쁠 뿐, 상대는 힘
겨울 때가 있다.

예를 들어, 내겐 알레르기가 있어서 먹지 못하는 음식이 있
다. 하지만 상대는 그 음식을 자신이 좋아한다는 이유로
매일같이 내게 선물한다. 처음에는 마음이 좋아서 받겠지
만 계속 반복되면 나에 대한 배려가 없다고 느끼게 된다.
나를 이해하려 하지 않고, 자신의 감정에만 몰두하는 것처
럼 보인다. 내가 그 음식을 먹고 탈이 나는 건 신경 쓰지 않
는 태도니까.

이런 단적인 예가 아니더라도 받을 수 없는 사랑을 계속해
서 줄 때, 상대는 그 사랑을 사랑으로 느끼지 못한다. 말로
는 사랑한다고 하지만 정작 상대에 대한 이해가 부족한 것
이고, 자신의 감정에만 충실한 것이니까.

사랑하고 싶을 땐 질문해야 해요.

그 사람이 어떤 걸 좋아하는지, 어떨 때 사랑을 느끼는지.

다툼을 맞춰가는 과정으로

잘 맞는 인연은 '안 싸우는 인연'이 아니라, 싸우더라도 '잘 풀어가는 인연'이다. 연인 관계에선 서로에 대한 기대감이 크다. 마음을 많이 보여주는 만큼 상대가 날 더 잘 이해해 주길 바라고, 더 아껴주길 바라서다. 다만, 이런 생각은 연인 사이에서 문제가 생겼을 때 한쪽은 '너니까 이해해줄 거야.'란 생각을, 다른 한쪽은 '어떻게 네가 그럴 수 있지.'라는 선입견이 되기도 한다. 둘 다 서로에 대한 마음과 기대가 커서 그렇다. 기대가 큰 만큼 오가는 상처도 크다.

애인과 내가 다르다는 사실을 인정해야 해요. 차이로 인해 다툼이 생겼다면, 애인이 당연히 날 이해해줄 거란 생각은 버려야 해요. 다툼을 '맞춰가는 과정'으로 보세요. 맞춰가는 과정을 거쳐야 다름을 조금씩 조율하게 되고, 서로를 이해할 수 있게 돼요.

모든 순간이 기회다

연인과 함께하는 매 순간이 기회라는 사실을 잊지 말아야 한다. 특별한 기념일이 아니더라도, 멋진 풍경이 주변에 없더라도, 사랑을 말할 극적인 순간이 없더라도 평범한 모든 순간을 기회로 봐야 한다. 더 잘할 기회. 그런 일상적인 기회를 놓치면서 예쁜 연애를 바랄 순 없다. 서로의 마음을 확인하는 순간은 극적인 기회의 장이 아니라 일상에서 오는 거니까.

결국, 우리의 삶을 풍요롭게 하는 기회들은 일상에서 늘 있는 게 아닐까 싶어요. 그런 소소하지만 당연한 기회를 놓치고 살면서 큰 기회만을 바라면, 정작 중요한 걸 잃는 게 아닐까 싶어요. 큰 기회를 잡는다고 한들 예쁠 수 있는 시간을 놓친 것이니까. 놓친 시간은 되돌아오지 않아요.

거짓말하지 말자

애인에겐 예민할 수밖에 없다. 관계의 종류에 따라 그 사람과 나 사이의 물리적 거리가 다른데, 애인과 나 사이의 거리는 손을 맞잡고, 얼굴을 맞대는 거리니까. 가까운 거리에서 보니 표정, 감정, 마음이 더 잘 보이고, 작은 변화도 쉽게 감지한다. 애인이 우울한 날에는 함께 우울해지고, 애인이 기분 좋을 땐 함께 기분이 좋은 이유다.

그러니 거짓말하지 말자. 가까운 거리에 있으면 느낌으로라도 거짓말하는 걸 알게 된다. 표정, 감정, 마음을 보며 금방 눈치챌 수 있다.

악의가 없다고 해도 들킬 거짓말을
하지는 마세요. 사소한 것들에서도 신뢰는
깨져요. 작은 것에서도 거짓말을 하니
큰일에서도 거짓말할 거라 생각하게 돼요.
사소한 거짓말은 큰 거짓말의 복선이 돼요.

바쁠 때도 외롭지 않게 해주기

내 삶을 나눠줄 만큼 그 관계에 가치를 느끼지 않을 때 시간 쓰기를 주저한다. 그러니 어떤 관계든 시간 쓰기를 주저하는 순간 끝나기 마련이다. 이를 반대로 얘기하면, 실제로 바쁘더라도 내게 소중한 사람이라면 시간 쓰기를 주저하지 말아야 한다는 의미다. 많은 시간을 할애하기 힘들 땐 최소한의 성의라도 보여야 관계를 지킬 수 있다.

바쁘더라도 휴식 시간, 화장실을 오가는 순간, 밥 먹기 전후 등 조금만 노력하면 낼 수 있는 시간이 있다. 그때 '보고 싶다'는 말 한마디, 그날 있었던 일을 짧게라도 말하자. 바쁜 삶에 이리 치이고 저리 치이다 보면 그 시간조차 내는 게 어렵게 느껴질 순 있지만, 그 정도의 성의와 노력도 힘들다면 그 사람과의 관계는 지키기 힘든 걸지도 모른다.

바쁜 순간에도 함께하고 있다는 느낌을 주는 건 많은 시간을 할애할 필요가 없는 일이에요. 많은 시간이 아니라 상대를 배려하려는 짧은 노력으로도 이루어지는 것들이니까. 삶에서 바쁜 순간은 늘 찾아올 텐데, 그럴 때마다 애인을 외롭게 만들면, 애인은 앞으로도 외로울 일이 참 많겠다고 생각하게 돼요.

처음 같지 않을까 봐

너무 잘해줘도 무서워. 나중에 처음 같지 않을까 봐.

처음 같을 순 없어. 사람은 변하니까. 불과 한 시간 전과 지금의 내가 다를 때도 있는 게 삶이더라. 그러니 서로의 감정이 민감하게 오가는 연애에선 생각보다 많은 변화가 있는 게 어쩌면 당연한 거야. 마냥 설레던 순간도 지나겠지. 다투고 조율하는 시기도 오게 될 거야. 잘 맞는 인연이 될 무렵에는 그 사람이 내게 익숙해졌다는 생각도 들 거야. 처음 같지 않아서 서운한 순간도 있을 테고.

그런데 그것조차 당연하다고 봐. 설렘만 있고, 상대를 잘 모르면서 잘해주기만 하던 시기랑은 또 달라진 거잖아. 더 신뢰할 수 있게 된 거고. 그러니 어차피 변할 수밖에 없다면 함께할 수 있는 좋은 변화를 고민하는 건 어떨까? 새로운 변화가 앞으로도 더 많다는 거잖아. 무서워하지 말고, 함께 좋은 변화를 많이 만들어 봐.

말 예쁘게 하는 사람이 좋다

"생각을 조심해라 말이 된다. 말을 조심해라 행동이 된다. 행동을 조심해라 습관이 된다. 습관을 조심해라 인격이 된다. 인격을 조심해라 운명이 된다." 영국 수상 마거릿 대처의 말이다.

함께 있을 때 기분 좋은 사람은 '말을 예쁘게 하는 사람'이라 생각한다. 단순히 말만 예뻐서 좋은 게 아니다. 말에서 그 사람의 생각이 보이기 때문이다. 예쁜 말을 하기 위해선 예쁜 생각을 할 것이고, 예쁜 생각을 하기 위해선 배려하고 노력할 수밖에 없다. 그러니 예쁜 말을 꾸준히 한다면 행동도, 평상시의 모습도, 인격도 예쁠 확률이 높다.

애인 행복하게 해주는 법. 말만 예쁘게 해도 늘 자존감이 올라가고, 자신감도 생기고, 세상이 다 예뻐 보여요. 그러니 애인을 행복하게 해줄 땐 말부터 예쁘게!

양보해야 하는 이유

양보란 배려다. 하지만 나에게 반드시 필요한 걸 양보하는 건 희생이다. 그래서 희생은 배려보다 좀 더 난이도 있는 양보란 생각이 든다. 연인 관계에선 이런 난이도 있는 양보를 해야 하는 순간이 있다. 내 가치관과 애인의 가치관이 부딪혔을 때다.

다만, 가치관이란 삶 전반에 걸쳐서 발전해온 나의 생각이기 때문에 양보가 쉽지 않다. 이걸 양보하면 나를 버린다는 생각까지 들 수 있다. 양보가 아니라 큰 희생인 셈이다. 더 큰 문제는, 애인은 나와 밀접한 위치에 있다 보니 가치관에서 차이가 클 경우 끊임없이 부딪힌다는 사실이다.

복잡한 갈등인 데다 피해갈 수도 없다. 가치관이 완벽히 똑같은 사람은 있을 수 없기에 아무리 비슷한 사람을 만나더라도 그 사람과 가치관 문제로 부딪히는 건 필연적이라 할 수 있다. 할 수 있는 최선은 서로에게 상처 주지 않고, 가치관을 조율하는 것뿐이다.

가치관의 차이와 같은 어려운 갈등을 조율하기 위해선 양쪽의 노력이 필수다. 가령 한쪽만 자기 생각을 양보하면 그 한쪽만 끊임없이 희생하게 된다. 즉, 한 사람이 상대에게 모든 걸 맞추는 연애를 하게 된다. 사랑으로 보여도 결국에는 지치는 일이다. 반면, 양쪽이 양보하면 한쪽의 희생이 아닌 서로에게 '맞춰가는 과정'이 된다. 나와 다른 애인의 모습을 최소한 한 번씩은 수용하는 것이라서 내 시각에서 바라보는 애인이 아닌 그 사람의 진짜 모습을 보게 된다. 진짜 모습을 보니 예전보다 그 사람을 이해하는 게 한층 가벼워질 수 있다.

그러니 서로 양보하자. 양보하는 것으로 애인의 진짜 모습을 보고, 받아들이고, 차이를 조율하자. 이 과정을 거치는 게 가치관을 조율하는 과정이 된다.

자신의 가치관만 고집하면, 상대의 진짜 모습은 영원히 알 수 없어요. 내 고집보다 애인을 더 중요하게 생각하셔야 해요.

'너를 참 몰랐다는 말'이
이별 후의 변명이 되지 않으려면

'좋아하는 것'과 '애인을 아는 것'은 별개의 문제다. 사귄다고 해서 상대에 대해 잘 아는 건 아니다. 알아가려는 노력이 없으면 헤어지는 순간까지도 애인을 모를 수 있다.

사람은 늘 변한다. 사람의 마음만큼 유동적인 것도 잘 없다. 아침에 기분이 좋다가도 점심땐 이유 없이 우울하기도 하다. 음식 취향은 시기에 따라 달라지기도 하고, 안 바뀔 거 같던 이상형도 드라마를 보고 바뀌기도 한다. 삶이란 변화의 연속이다. 내가 애인에 대해 '잘 안다'고 생각하는 건 그때 당시의 애인을 아는 것일 뿐, 지금의 애인을 아는 건 아니다. 지금 이 순간에도, 애인의 마음은 다른 무엇에 영향을 받고 스스로 변하고 있다. 그러니 한 사람을 진심으로 사랑하려면 그 사람의 변화에 관심을 가져야 한다. 하루하루 그 사람에 대해 궁금해할 줄 알아야 한다. 과거의 모습을 사랑하는 게 아니라, 지금의 모습을 사랑할 수 있어야 한다.

애인에게 항상 관심을 가져야 해요.
마음은 유동적이라
그 변화에 맞춰가지 않으면
서로를 잘 모르게 되거든요.

10
익숙함과 당연함은 다르다

익숙한 관계가 됐다는 건 설레고, 다투고, 조율하는 과정을
지나 안정기에 접어들었다는 의미다. 안정기에 접어들면,
조율하는 과정에선 하지 못했던, 함께할 수 있는 계획들이
많아진다. 서로에 대한 믿음이 생겨서 보다 구체적인 미래
를 계획할 수도 있고, 서로의 성향을 잘 알고 있으니 이전
보다 잘 맞는 사랑을 할 수도 있다.

하지만 애인을 당연하게 여기는 건 다른 문제다. 그건 소
중함을 잃은 거다. 상대를 당연하게 여기면, 그 관계를 유
지하기 위한 노력을 덜하기 마련이다. 익숙한 관계에서 생
긴 장점들이 당연한 관계에선 없다.

그 어떠한 관계도 노력 없이 유지될 수 없어요. 하다못해 물
건도 오래 쓰기 위해선 닦아주고, 관리에 소홀해선 안 되잖
아요. 인간관계를 유지하는 건 이보다도 훨씬 더 고단하고,
노력이 필요한 일이에요. 특히 연인과 좋은 관계를 유지하기
위해선 서로에게 익숙해졌을 때 서로를 당연하게 여기지 않
으려고 노력해야 해요.

관계에는 시작 온도가 있다

관계에는 온도라는 게 있다. 관계를 시작할 때 그 사람과 나 사이의 감정의 열기 같은 것이다. 관계의 온도는 누군가와는 미지근할 것이고, 누군가와는 차갑기도 하고 또 어떤 누군가와는 매우 뜨겁기도 할 것이다. 어떤 온도가 좋다, 나쁘다고 말할 순 없다. 미지근하게 시작했던 누군가와는 오랜 절친이 되기도 하고, 차갑게 시작했던 누군가와는 연인이 되고, 뜨거웠던 누군가는 추억으로 남았을 수도 있으니까.

중요한 건, 관계를 차갑게 시작했건 미지근하게 시작했건 혹은 뜨겁게 시작했건 간에 '그 사람에게 시간이 지날수록 더 좋아지는 사람'이 되어야 한다는 거다. 차가운 온도로 시작했다면 조금씩 열정을 더해가고, 유지할 수 있을 만큼의 온도에서 서로를 알아가야 하고. 뜨거운 온도로 시작했다면 마음이 데지 않게 서로 유의하며, 따뜻해지는 순간이 오더라도 당황하지 말고 그 온도에서 할 수 있는 것들을 함께해 나가는 게 좋다. 미지근하게 시작했다면 때론 열정이 되어주려고 노력해야 한다.

연인과 나 사이의 시작 온도를 생각해보세요.

지금은 어떤 온도인지,

앞으로는 어떤 온도가 되고 싶은지 고민해보세요.

사소한 것에 상처받는 이유

사소한 일에 왜 상처받느냐고 물으면, 사소한 것조차 신경
써주지 않았기 때문이라 말하세요.

삶의 가치는 큰일보다는 일상을 채우는 소소한 일들에서
오는 거라 생각하기에. 이를테면, 내게 아무리 크고 좋은
일이 생기더라도 매일이 외롭고, 항상 먹는 끼니가 맛이
없고, 주변이 안 좋은 사람들로 가득하면 매 순간이 불행
해요.

연애도 마찬가지라 생각해요. 특별한 순간에만 잘해주고, 일
상에서 느끼는 소소한 애정에 소홀하면, 작은 일들에서 서운
함이 쌓일 테고, 그것이 일상처럼 되어버리면 결국엔 불행한
연애가 돼요.

13
묻지도 따지지도 말기

애인이 하소연할 땐 묻지도 따지지도 말자. 공감받고 싶을 때 이성적인 대답을 듣는 것만큼 섭섭한 것도 없으니. 정 모르겠으면 차라리 묻자. "설명이 필요해? 위로가 필요해?" 라고.

위로가 필요한 사람에게 설명을 하면 괜한 간섭이고 오지랖이 된다. 반대로 설명이 필요한 사람에게 위로를 하면 원한 대답은 아닐지라도 고마울 것이다. 내 상황에 공감해 준 것이니까. 그러니 뭐가 됐든 위로부터 하는 게 좋은 대화의 시작이 된다. 상대가 애인이라면 더더욱.

우선순위는 공감이어야 해요.

착한 건 성격이 아니라 노력이다

본능을 나쁘다고 할 수는 없다. 배가 고플 땐 당연히 먼저 먹고 싶다. 뭔가를 얻기 위해서 남들과 경쟁하고, 때론 빼앗기도 한다. 어쩌면 이 사회에는 복잡하고 다단한 구조로 진화한 약육강식의 법칙이 적용되고 있는 걸지도 모른다. 그럼에도 본능을 거스르는 사람들이 있다. 자신이 먹고 싶은 걸 양보한다. 더 가질 수 있는 걸 나눠 가진다. 그건 그 사람이 덜 먹고 싶어서가 아니다. 덜 가지는 걸 좋아해서도 아니다. 본능에서 벗어난 노력이라 말하고 싶다. 원래 착해서가 아니라 그 사람은 자신이 하고 싶은 걸 누군가에게 양보할 만큼 그 누군가를 아끼거나 좋아하는 것일 뿐이다. 그러니 내 곁에 그런 사람이 있다면, 약육강식에서 도태된 다루기 쉬운 사람이 아니라, 날 정말 아껴주는 사람으로 대할 수 있어야 한다.

애인이 양보 잘하고, 뭐든 잘 맞춰준다면
본래 그런 성격이 아니라
그 큰 노력을 할 만큼 당신을 아끼고,
좋아하고 있다는 의미예요.

대답에도 성의가 필요하다

누구에게서든 정성껏 고민하고 물어본 질문에 "응"이라는 말 한마디만 들으면 서운할 수밖에 없다. 내 성의만큼 상대가 나를 성의껏 대하지 않았기 때문이다. 그러니 "지금 바빠서 나중에 연락하겠습니다."라고 설명해주는 사람이 훨씬 배려 있고, 나를 소중한 사람으로 여긴다는 인상을 준다.

연인도 마찬가지다. 그 어떤 관계보다도 대화를 많이 나누고 싶고, 일상을 공유하고 싶은 게 연인 관계다. 그런데, 상대가 단답형 대답만 보내온다면 그런 기대가 무너지고, 나를 소중히 여기지 않는다는 인상을 받게 된다. 바쁜 이유라도 설명해주면 좋을 텐데 그것조차 하지 않았다면, 마음마저도 의심되고 불안감은 커진다. 대답할 때 한 문장을 보태는 건 시간문제가 아니라 정성 문제다. 대답에 성의를 보이자.

단답형 대답은 상대에게 관심이 없을 때 쓰는 표현이에요. 애인한테 관심이 없다고 말하진 마세요.

16

나와 잘 맞는 사람

연인 사이에선 일반적인 관계에서보다 안 맞는 부분이 유독 많다. 많은 걸 공유하는 사이니까 상대적으로 안 맞는 요소가 많이 생길 수밖에 없다.

그런데 잘 맞는 인연이란 게 나와 딱 맞아떨어지는 부품 같은 건 아니다. 당장에 그런 사람이 있다고 해도 시간이 지나면 차이가 드러나기 마련이다. 살아온 배경과 가치관이 다른데 언제까지나 통하는 것들만 있을 순 없다. 도리어 처음에 잘 맞던 것들이 서로에 대한 기대치를 높여서 나중에 안 맞는 문제가 생겼을 때 실망감이 클 수도 있다.

그러니 모든 게 잘 맞을 거라고 생각하지 말자. 안 맞는 점이 생겼을 때 그걸 조율하려고 노력하고, 그 과정을 애인과 늘 함께한다고 생각해야 한다.

안 맞아서 생긴 서운함을 기분 좋게 풀어주는 사람이 되어보세요. 전 그게 잘 맞는 인연이 되는 시작이라 생각해요.

말하지 않는 건 영악한 거짓말이다

믿는 상대가 내게 거짓말하면 충격이 크다. 그런데 거짓말이라는 게 꼭 상대를 속일 때만 성립이 되는 건 아니다. 상대가 알아야 할 사실을 알리지 않는 것도 거짓말이다.

말하지 않은 거니 죄책감은 덜할지도 모르겠으나, 그로 인해 상대가 받는 상처는 덜하지 않다. '상대를 위해서'라는 합리화는 하지 말자. 어떠한 종류의 거짓말이든 거짓말은 대부분 자신을 위해서 하는 거니까. 물론 선의의 거짓말도 있다. 다만, 그건 상대가 알아차려도 상처받지 않을 경우에만 해당한다.

늘 진실로 애인을 대해야 해요.
습관이어야 해요.
그리고 애인이 알아야 하는 사실을
먼저 말해주는 건 당장엔 힘들지라도
좋은 관계로 나아가는 시작이 될 수 있어요.

힘든 일이 생겼다고 잡은 손을 놓지 말자

힘든 감정에 빠져서 소중한 사람을 못 지킬 때가 있다. 사실 여유가 있을 때 잘해주는 건 아무나 할 수 있는데, 힘들 때 곁을 지켜주고 상처 주지 않는 건 아무나 못 한다. 아무나 못 하니까 그걸 하는 인연이 진짜 인연이다.

상황이 힘들어서 이별을 말할 때 이유는 다양하다. '경제적으로 여유가 없어서', '널 너무 힘들게 하는 거 같아서', '시간이 없어서' 등. 그럴 때 자신에게 되묻자. 좋은 일만 있고, 마음의 여유가 넘칠 때만 애인이 소중한 건지.

인생에서 좋은 일과 나쁜 일은 수시로 찾아와요. 나쁜 일이 있을 때마다 소중한 사람을 놓아선 안 돼요. 그건 소중한 사람한테 나쁜 일을 안겨주는 거니까. 힘든 시기를 함께 극복하는 것으로 그 사람에게 진짜 인연이 되어주세요.

선택하지 않은 걸 아쉬워하지 말자

얻기 위해선 잃는 과정이 뒤따른다. 가령 아무것도 잃지 않았다 생각하더라도 그것을 얻기 위한 시간을 잃은 셈이다. 이때 중요한 건, 잃은 것을 아쉬워하지 않는 마음이다. 잃은 것을 아쉬워하면 후회가 남기 마련이지만, 아쉬워하지 않을 땐 얻은 것의 좋고 나쁨을 떠나서 앞으로 나아갈 수 있다.

마찬가지로 소중한 사람과 함께할 때, 혼자여야만 할 수 있는 것들을 못 할 때가 있다. 한 사람에게 집중하느라 놓치는 인연도 생길 것이다. 이런 점들을 아쉬워하지 말자. 묵묵히 내 선택을 믿고 소중한 사람과 함께 나아가면 된다. 그래야만 어떠한 결말 속에서도 후회가 남지 않는다. 내 선택에 책임지고, 교훈을 얻을 테니까.

사랑하느라 선택하지 못한 것들을 아쉬워할 필요가 없어요. 불안해하지 말고, 지금 선택한 소중한 사람에게 최선을 다하세요.

20
친절 금지

친절한 사람에겐 호감을 느끼기 쉽다. 날 특별하게 대해주는 거 같기도 하고, 생판 남이 아니라면 친해질 수 있는 여지가 생기므로. 그래서 모두에게 친절한 사람은 애인을 불안하게 만드는 법이다. 친절함에 특별한 의도가 없더라도 상대가 느끼는 감정은 다를 수 있어서다.

이를 반대로 얘기하면, 모두한테 친절했던 사람이 한 사람에게만 친절할 때 그 한 사람은 사랑받는다는 기분을 느낀다. 친절이라는 호감의 여지를 다른 이성에게는 주지 않아서고, 애인이 신경 쓸 일을 만들지 않는 거니까. 애인은 이 사람이 정말 나만 바라보고 있다고 느끼게 된다.

연애할 땐 다른 이성에게
친절 금지.

의심에도 콩깍지가 있다, '믿을 때 잘하자.'

의심에도 콩깍지가 있다. 사랑할 때 생기는 콩깍지가 상대의 모든 행동을 사랑스럽게 보게 만든다면, 의심할 때 생기는 콩깍지는 상대의 모든 행동을 의심스럽게 보도록 만든다.

뒤늦게 후회해도 소용없어요. 애인의 눈에 사랑의 콩깍지는 못 씌어줄지언정 상처로 가득한 의심을 심어주진 마세요. 있을 때 잘하란 말처럼 믿을 때 잘하란 말도 맞아요.

좋아하는 마음만으로 해결되지 않는다

좋아하는 마음만 진심이면 모든 게 해결될 거라 생각했다. 하지만 지난 헤어짐을 통해서 깨달은 건 좋아하는 마음만으로는 관계가 유지되기 힘들다는 거였다. 그 마음이 상대에게도 전달되어야 한다. 상대가 사랑받고 있다는 걸 알게 해줘야 한다. 그렇지 못하면 내 마음이 진심일 때도 상대는 내게서 서운함과 소홀함을 느낄 수 있다. '나는 이렇게나 좋아하지만' 상대는 내게 마음이 부족한 거 같다고 말하는 순간이 올 수도 있다.

마음이 아무리 예쁘더라도 전달되지 않으면 몰라요.
애인은 오히려 서운해해요.

23
상대가 원하지 않는 걸 계속 주는 것

원하지 않는 걸 계속 주는 건 상대에 대한 예의가 아니다. 사실 친구거나 지인이라면 날 위해서 뭔가를 해줬다는 것만으로도 고마울 것이다. 하지만 나를 가장 잘 이해해주길 바라는 사람이 날 이해 못 하는 호의를 계속 줄 땐 얘기가 다르다. 내가 원하는 걸 모르는 것이니 반복하면 호의가 아니라 서운함으로 느껴진다. 나를 알기 위한 노력을 하지 않는 것처럼 보일 수 있다.

원하지 않는 호의를 계속 주면
도리어 상처가 될 수 있어요.
이해받지 못하는 거 같아서.

떨어져 있을 때 잘해야 하는 이유

함께 있을 땐 잘하고, 떨어져 있을 때는 연락도 되지 않으면 믿음이 안 생겨요. 연애는 서로의 마음을 꾸준히 확인해 나가는 과정인데, 각자의 삶이 분리되어 있다고 해서 떨어져 있을 땐 남같이 행동하면, 마음을 알 수 없으니까요. 떨어져 있을 때 안부를 주고받고, 애정을 표현하는 연락 한 통이야 5분도 걸리지 않아요.

하지만 그 5분에서
애인은 내 마음의 성실함을 보는 법이에요.

좋은 면만 보지 말고, 나쁜 면만 보지도 말자

연애 초반에는 상대의 좋은 면만 보이기 마련이다. 내게 헌신적이고, 별도 달도 다 따 주려는 사람이라 믿게 보려 해도 믿게 볼 수 없다. 하지만 시간이 지나면 상황이 달라진다. 항상 보던 그 사람의 좋은 면이 슬슬 익숙해지고, 새로운 면들이 눈에 보이기 때문이다. 단점들이 보이기 시작한다.

모든 게 완벽했던 사람에게서 뜻밖에 단점이 보인다. 뜻밖에 단점이라 그 단점은 더욱 커 보일 수밖에 없다. 기대치가 큰 만큼 상대의 단점을 수용하기도 힘들다.

이때 그 단점을 그 사람의 장점과 비교할 수 있다. 하지만 장점들은 익숙해진 나머지 예전보다 가치 있어 보이지 않는다. 단점이 장점을 이길 확률이 높다. 이 단계를 극복하지 못하면 상대의 단점만 보는 관계의 위기가 찾아온다.

장점은 편해서 금방 익숙해져요. 반면 단점은 불편해서 익숙해지지 않아요. 그러니 장단점이 동시에 보일 때 유독 부각되는 건 단점이에요. 소중한 사람의 장단점을 볼 땐 단점만 보지는 않았는지 스스로 의심해야 해요. 한쪽 면만 보고 애인을 판단하기엔 애인의 예쁜 마음이 너무 아깝고 안타까울 때가 많으니까요.

아주 오래가는 인연

자주 싸운다고 안 맞는 인연은 아니에요. 많이 싸워도 잡은 손을 안 놓으면 인연이에요.

싸우는 건 당연해요. 다른 두 사람이 만났으니 서운함을 느끼는 순간조차 다른 거예요. 그러니 맞춰가는 과정 자체가 분쟁일 수밖에 없어요. 상대가 왜 서운한지 알 수조차 없을 때가 많거든요. 그런데도 손을 놓지 않았다는 건 안 맞는 순간들을 함께 극복하고 싶을 만큼 많이 좋아하는 거예요. 좋아하는 마음이 진심이면 서로의 서운함을 이해하는 순간도 올 거예요.

다투더라도 손을 놓지는 마세요. 손을 놓으면 딱 거기까지인 인연이에요.

쌓인 게 서운함일 때

서운함이 쌓일 대로 쌓였다는 건 관계가 끝나가는 걸 의미
한다. 좋아하는 사이인데 서로의 서운함을 그토록 방치했
다는 건 연인으로서 역할을 못한 것이니까. 적어도 사랑하
는 사람이라면 상대의 마음에 쌓아주는 게 서운함이 아닌
사랑이어야 한다.

애인이 서운함을 말할 때 대수롭게 여겨선 안 돼요. 그게 다
쌓이는 거니까.

28
평행선은 싫으니까

널 바라봤다. 너는 작은 숨소리를 내며 잠들어 있었다. 어떤 꿈을 꾸고 있을까. 어떤 꿈이든 예쁜 꿈이면 좋겠기에 네 이마에 뽀뽀했다. 너는 둘이 눕기에는 조금 비좁은 이불보에서 잠들어 있었고, 나는 새벽을 가리키는 시계를 확인한 후 네 옆에 누워 살며시 눈을 감았다. 혼자 사는 서울의 작은 방으로 네가 찾아와준 건 아마 1년 만인 거 같다. 2년 동안 매일 보다시피 만나왔던 우리가 각자의 삶을 위해 장거리 연애를 시작한 지 어느덧 1년이 다 된 것이다. 그땐 이게 이렇게 힘들 줄 몰랐는데….

2년 전, 그러니까 우리가 떨어지기 전, 우린 바다와 가까운 곳에 살았다. 우리의 직장도 바다가 가까운 곳이었다. 그래서였던 거 같다. 너와 내가 연애를 시작하기 전에도 닮았던 것, 서로 알기도 전에 우린 같은 바다를 좋아했고, 같은 길을 걸었을 테고, 회사를 오가는 길에서 늘 마주치는 주황색 길고양이도 알고 지내는 사이였을 테니까.

그러니까 네가 당근을 싫어하고, 코트 입는 걸 좋아한단 것

외엔 참 많은 것들이 나와 닮았었다. 가끔 이런 생각이 들었다. 우린 닮은 점이 참 많아서 한 개의 '선' 같다는 생각. 물론 의견 차이로 다툰 적도 많았지만, 티격태격하는 동안에도 너와 난 같은 바다를 걸었고, 같은 공간에서 같은 음식을 먹었으니까. '선'은 무수히 많은 점의 집합이니 어쩌면, 우린 꽤 많은 공통의 점들을 가진, 한 곳으로 향하는 선을 만드는 연애를 시작한 게 아닐까 싶었다.

그렇게 하나의 선 같던 연애를 2년 동안 했다. 각자의 목표를 이루기 위해 떨어져야만 했던 그날까지.

그날, 그러니까 우리가 떨어져야 했던 날 아침. 나는 차로 다섯 시간이라는 거리를 실감하지 못한 채 너에게 덤덤하게 인사했다. 너도 평소와 다르지 않게 날 안아줬다. 너와 난 헤어지는 순간에도 남들처럼 끌어안고 울거나 하지 않았다.

'어쩌면 그랬어야 했던 걸지도 모르겠어.' 자는 너를 보며 든 생각이었다. 차라리 울고불고했더라면, 서로 너무 안 맞아서 싸우고, 싸우다가 정들고, 정 때문에 헤어지고, 또 사랑하기를 반복했다면, 조금은 덜 공허했을까. 그렇게 다 쏟아부었으면 좀 덜 보고 싶었을까. 아마 그렇지는 않았을 거다. 그건 사랑하는 방식의 차이일 뿐이니까. 오랜만에 널 보는 건데도 잡다한 생각이 많이 드는 걸 보니 장거리 연애가 힘들긴 힘들구나 싶었다.

그건… 같은 방향을 바라보던 하나의 선이 어느 순간 물리적으로 떨어지는 느낌이랄까. 그렇게 두 개의 선으로 분리되어 평행선이 되는 것, 그런 게 장거리 연애 같다는 생각이 들었다. 결코, 서로 교차할 수도 만날 수도 없는 평행선 말이다. 아무리 같은 걸 원하고, 공통점이 많아도 만날 수 없는 평행선 같은 연애… '그래도 말이야.'

나는 잠든 너를 뒤에서 꼭 안았다.

평행선은 너무한 거 같아.
이렇게 너한테 기울게. 앞으로도 쭉.

진심의 기준

진심에서 우러나오는 행동과 말만이 진심이라고 생각했다. 날 위해 뭔가를 억지로 한다는 건 엎드려 절 받기 같았고, 마지못해 하는 거니 애정이 식었다는 생각도 들었다. 돌아보면, 그게 아니었는데 말이다. 사실 나만 봐도 그랬다. 마음이 한결같이 설레고, 한결같이 열정적일 순 없었다. 나를 둘러싼 환경이 실시간으로 바뀌고 있고, 주변 사람들이 달라지고 있으니 그런 상황과 사람에 맞춰 살아가기 위해서라도 계속 스스로를 변화시킬 수밖에 없었다.

하루하루 같은 풍경을 보는 거 같아도 어제와 오늘은 분명히 다른 모습을 하고 있다. 먹는 것도 매일매일 크고 작은 차이가 있다. 생각해 보면 언제나 변화 속에서 살고 있었다. 그러니 그런 변화 속에서 한 사람을 꾸준히 좋아한다는 건 자연스럽게 된다기보다는 노력이 있어야만 가능한 일이었다. 감정적으로 지친 날에도 그 사람을 위해 다정하게 사랑한다고 말할 수 있는 노력, 바쁠 때도 곁을 지켜주려는 노력, 힘든 순간에도 평소랑 똑같이 손을 놓지 않는 노력 이런 노력들이 결국엔 '한결같음'을 만드는 거였다.

진심은 자연스럽게 드러나는 게 아니라,
노력으로 만들어가는 거예요.

만남이 귀찮은 순간

연애하면서 만남이 귀찮은 순간이 있다. 그 사람이 싫어진 것도 아니고, 관계에 지친 것도 아닌데도 만사가 귀찮다. 귀찮다 보니 마음이 식은 건 아닌지 걱정도 된다. 하지만 걱정할 필요 없다. 비슷한 예로, 가령 인생을 다 바칠 정도로 좋아하는 일도 늘 한결같은 열정으로 유지할 순 없다. 어떤 날에는 이유 없이 그 일이 귀찮을 때가 있다. 일을 하는 동안 기분은 다운되고, 이런 시간이 길어질수록 슬럼프가 찾아온 것만 같다. 이때 중요한 건, 일에 대한 애정이 줄었다고 섣불리 판단하고 좋아하는 일을 포기하면, 그 일은 슬럼프가 아닌 한계에 부딪혀 끝난 일이 된다는 사실이다. 반대로 포기하지 않으면, 포기하지 않았다는 이유만으로도 이 시기가 지난 후에 일에 대해 더 큰 신뢰를 갖게 된다. 다음에는 같은 상황이 반복되어도 극복할 거라는 믿음 또한 생긴다.

연인 관계도 마찬가지라 생각한다. 처음 느꼈던 설렘이 줄어들고, 만사가 귀찮게 여겨질 때 관계를 포기하면 그걸로 끝이다. 하지만 그 순간들을 극복하면, 그 사람과 더 큰 신뢰를 갖게 될 것이고 예전과는 다른, 믿음이 바탕으로 된 설렘이 생기기도 한다.

또 한 번 권태기가 찾아와도 어차피 지나갈 거란 걸 알게 될 테니까요.

이유 없이 차가운 순간

갑자기 말투가 차갑게 변하거나, 평소와는 다른 차가운 눈빛으로 날 볼 때면 서운했다. 혹시 마음이 식은 걸까, 내가 잘못한 게 있나 조바심마저 들었다. 그 조바심 때문에 이유를 묻지 못할 때가 있었다. 그럴 때면, 그 사람의 생각을 확인하지 못한 난 온갖 상념에 빠져 밤을 지새우곤 했다. 밤을 지새워도 그 사람이 왜 그런 건지 해답을 찾진 못했다. 사실 당연했다. 그 사람이 평소와 달라 보였던 건 피곤한 게 이유였으니까. 시간이 지나서야 알았다.

그 사람과의 만남에서 종종 이런 일이 생겼는데, 서운해도 이해할 순 있었다. 사람이 다정한 눈빛과 따뜻한 행동을 쉼 없이 한다면 그건 그거대로 문제라고 생각했기에. 힘든 날에도 다정하려고 노력하는 건 도리어 마음 아픈 일이었다. 다만 서운했던 이유는, 이유를 말해주지 않아서였다. 연인은 가까운 거리에 있는 사람이니 상대의 작은 변화도 눈치챌 수 있다. 그러니 상대에게 본의 아닌 여지를 줄 수 있는 행동을 할 땐 먼저 설명하는 게 배려라 생각한다.

지친 날에 힘내서 다정할 필요는 없으니 다른 이유로 힘들다는 말 한마디는 꼭 해주기를. 그건 좋아하는 사람을 지키는 일이란 생각이 든다.

힘내서 다정할 필요는 없어요. 지친 티를 마구 내도 돼요. 하지만 다정하기 힘들고, 지친 이유가 우리 관계 때문이 아니라는 걸 상대에게 꼭 설명해주세요.

고집에는 저마다의 이유가 있다

불안감이 컸던 탓에 고집이 강했다. 내 생각이나 가치관을 그 사람에게 양보하면 양보할 일이 앞으로 더 많아질 수 있다는 불안감, 그리고 그게 나를 버리는 연애로 이어질 거라는 두려움이 있었다. 그래서 정말이지 양보할 줄 모르는 연애를 했었다. 그런 내 행동이 그 사람을 아프게 한다는 사실조차 고집에 가려 보지 못하던 시절이었다. 그 관계에서 남은 건 결국 상처뿐이었다.

되돌아보면 고집에는 다 저마다의 이유가 있었다. 그 고집이 아니면 안 될 거 같은 저마다의 이유. 그리고 시간이 지나면 한결같이 비슷한 결말을 보았다. 내가 맞으리라 생각한 일들이 경험이 쌓인 어떤 날에 다르게 보이는 마법 같은 결말 말이다. 그런 마법 같은 결말을 통해 얻은 교훈이 있다면, 설령 내 고집이 맞는다고 할지라도 고집 때문에 소중한 사람을 잃는 것 자체가 오답이라는 사실이었다.

고집에는 자신이 정답이라는 저마다의 이유가 있지만, 그 고집 때문에 사람을 잃는 거야말로 오답인 거예요.

넘어선 안 되는 선

선은 한 번 넘으면 다시 긋는 게 힘들다. 이미 넘어버린 선
이기에 어떻게 넘는지 방법을 잘 알아서다. 그러니 넘어선
안 되는 선을 넘어버린 사람을 쉽게 받아들여서도 안 되고,
소중한 사람이 정해놓은 선을 가볍게 여겨서도 안 된다.
선을 넘는 건 또 다른 상처의 복선이 될 가능성이 크기에.

상처도 한 번 준 사람이
더 잘 주는 법이에요.

34
공감 안 되는 문제에 공감하고 싶어서

사소하다는 이유로 그 사람의 아픔을 가볍게 여긴 적이 있다. 의도적으로 가볍게 여긴 건 아니었고, 그 사람이 힘들어하는 걸 심각하게 받아들이지 못한 게 그 이유였다. 종종 겪는 문제였다. 연애하다 보면 생각의 차이는 늘 있기 마련이었고, 그 차이는 같은 문제를 겪더라도 느끼는 아픔을 다르게 만드는 거 같았다. 그 사람의 마음을 완벽하게 이해할 수 있다면 좋으련만 그게 안 되는 순간들이 있었다.

그럴 때 할 수 있는 건, 문제에 대한 공감 여부를 따지기보다 지금 상대가 아픔을 겪고 있다는 사실을 떠올리는 거였다. 사랑하는 상대가 아픔을 겪고 있으니 어떻게든 그 아픔을 함께 나누는 게 좋을 테니까. 문제를 이해할 수 없다면, 그 사람의 아픔을 이해하면 어떨까 싶었다. 그게 나와 다른 그 사람에게 감정적으로 줄 수 있는 공감이 아닐까 싶기에.

애인이 울 때 함께 울어줄 수 있는 게 공감이란 생각이 들어요.

35
정답을 오답으로

거울을 보며 웃었다. 인위적인 웃음이었다. '좀 더 밝으면
좋겠는데.' 너랑 함께 있는 모습을 상상해봤다. 그러자 좀
전보다 밝게 웃을 수 있었다. 너와 사귀게 된 후에는 매일
같이 거울을 보며 웃고 있다. 아니, 웃는 연습을 했다는 게
정확한 표현 같다.

언젠가 학교 동기였던 친구에게 이런 말을 들은 적이 있
다. "너 웃을 줄도 아네?" 내가 당황하자 그 친구는 설명을
더했다. "너 웃는 걸 처음 본 거 같아." 터무니없었다. '개
강 후로 반 학기를 같이 다녔는데 웃는 걸 처음 봤다고?' 그
게 말이 되나 싶으면서도, 가만히 생각해 보면 난 참 웃지
않는 사람이었으니까. 친구의 말에 납득할 수밖에 없는 게
자존심 상했지만, 딱히 뭐라고 반박해야 할지도 몰랐다.
날 웃게 만드는 것에 관심이 없기도 했고, 그 이유가 내 가
정환경이든 과거의 어느 기억이든 고민을 털어놓을 마음
의 여유도 외면하며 살았다.

그랬는데 요즘 웃는 연습을 하고 있다. '좋아하는 사람이

생기면 자연스럽게 웃는 게 늘어야 하는 거 아닌가.' 싶기
도 했지만, 자연스러움을 기다릴 만큼 여유를 부리고 싶지
않았던 걸지도 모른다.

.

.

.

사실 그때 나한텐 습관보다 짙은 강박 같은 게 있었어. 이
유는 모르겠지만 잘 안 웃는 거 그리고 사람들이 슬퍼하는
거에 공감하지 못하는 거. 그래서 난 친구들이랑 영화 보
는 것도 좋아하지 않았어. 웃고, 울고, 공감하는 거에 공감
할 수 없었거든. 부정할 수 없는 내 모습이었고, 잘 변하지
않아서 합리화하면서 살았어. 그런데 딱히 불편하진 않았
던 거 같아. 남들이 보기에 어떻게 저렇게 살지 싶어도 남
들은 남일 뿐이니까. 싫으면 언젠가 내 곁을 떠날 사람들
이잖아. 그런데 문제는 너였던 거야. 너는 남이 아니었고,
떠나게 내버려두고 싶지도 않았으니까.

그러니까. 나는 너랑 함께 웃고, 함께 울고, 네 감정에 공감할 수 있는 사람이 되고 싶었어. 그래서 결심했던 거야. 일단 웃기로, 너랑 함께 웃을 수 있는 사람이 되기로.

그래서 그날도 거울 앞에 서 있었어. 네 앞에선 환하게 웃고 싶어서. 조금 어색하더라도 하나씩 바꾸고 싶었던 거 같아. 내가 정답이라고 합리화하며 살아온 방식을 오답으로 받아들이고 싶었어. 그래야 너랑 함께하는 순간들이 나 혼자만의 감정이 아니라 우리의 감정으로 기억될 테니까.

그때의 난, 날 오답으로 인정하는 게 내가 할 수 있는 최선의 애정 표현이라 생각했던 거 같아. 묵혀 있던 안 좋은 것들을 버리고, 온전히 사랑받고 사랑할 수 있는 사람이 되고 싶었어.

그러니까 넌 나한테 그런 연애의 시작점을 준 거였어.

2

돌아가면
해주고 싶은 말
'~해주기'

01

사이즈가 딱 맞는 사람 되어주기

넘치게 주는 사랑이 최고라 여겼다. 애정 표현도 남들보다
잘했고, 매일 밤 마음을 담은 장문의 메시지를 보냈다. 그
녀가 웃는 모습을 보려고 내성적인 성격까지 외향적으로
바꿨다. 스스로 자부심이 들 정도로 그녀에게 최선을 다
했다. 지난 연애의 실수를 그녀에게만큼은 하고 싶지 않았
고, 문제가 될 수 있는 내 성격들은 모두 뜯어고치려고 노
력했다. 그런데 어느 날, 그녀가 내게 말했다. 자신도 표현
할 기회를 달라고.

순간 머리를 '쾅' 맞은 거 같았다. '내가 독점하고 있었구
나….' 관계에서 표현을 독점했고, 주는 사랑을 독점하고
있었다. 예전과 다르기 위해 했던 노력조차 그녀를 이해하
기 위한 노력이 아니었다. 날 위한 노력이었지… 좋은 남
자친구가 아닌 '그 사람에게 좋은 남자친구'가 되었어야 했
다는 생각이 들었다.

마음을 표현할 때도 그녀를 배려해야 했고, 나 자신만을 위
한 노력이 아닌 우리를 위해 노력을 해야 했다. 넘치는 사

랑이 아닌 그녀에게 딱 맞는 사랑을 주기 위해선.

애정도 독점 관계가 될 수 있어요. 너무 많은 애정을 혼자 다 표현하면 정작 상대는 표현할 기회를 잃어요. 사랑한다는 말을 평소에 자주 하는 편이라면, 그 말 대신 좀 더 사랑스럽게 요즘 힘든 일은 없었는지, 어떤 감정을 느끼는지 연인에게 물어주세요.

02
다툴 때도 챙겨주기

연인 관계란 서로 다른 인생을 살아왔고, 다른 가치관을
가지고 있는 두 사람이 만난 거잖아요. 그러니 언제든지
부딪힐 수 있어요. 그럴 때마다 서로한테 상처를 주면 언
젠간 버티지 못해요. 사랑보다 아픔이 커질 테니까. 그러
니 다툼이 상처가 되지 않게, 다툴 때도 꼭 서로를 챙겨주
세요.

다툼이 서로에게 상처로 남지 않게.

옛날 일 꺼내오지 말기

과거의 일은 과거에 놔두고 오기. 누구나 잘못을 하지만, 자신의 잘못을 인정하고 수정하는 건 누구나 할 수 있는 게 아니더라. 그러니 애인이 자신의 잘못을 인정하고 수정하려고 노력하는 상황에서 감정이 격해졌다고 옛날 잘못을 꺼내선 안 되는 거 같다. 옛날 일을 꺼내 와서 지금의 애인을 이기려고 들면, 당장 지금의 문제에선 애인을 이길 순 있겠으나 길게 보면 패배한 거다. 노력하고 있던 애인은 그동안의 노력을 인정받지 못한 거고, 더는 노력하기 싫을 테니까.

다툴 때 옛날 일까지 끌어오면,
해결될 수 있는 일도 해결되지 않아요.

공감부터 해주기

상대에게 공감받지 못할 때 외로움을 느낀다. 공감받지 못하면 대화한다는 생각이 들지 않기에 나중에는 어떠한 말도 하기도 듣기도 싫어진다. 연인이라면 더욱 그렇다. 나를 가장 잘 알아주길 바라는 사람인데, 내게 공감해주지 않으면, 또 그게 반복되면 대화가 단절될 수밖에 없다.

연인이랑 하는 대화가 이어지길 바라고 즐겁길 바란다면, 그리고 연인을 더 잘 이해하길 바란다면 연인에게 공감하는 법을 알아야 한다.

연인의 말이 이해가 안 되더라도 이해하려고 노력해보세요. 내가 하기 싫더라도 가끔은 연인이 하고 싶은 것, 듣고 싶은 말을 해주세요. 거기서부터 공감이 시작돼요.

정답을 양보하기

'내가 맞는다!' 싶을 때도 연인의 다른 의견을 수용하자. 때론 정답을 고집하는 것보다 사람을 더 중요시해야 할 때가 있다. 내 생각만을 고집하는 건 상대를 무시하는 행동이될 수 있다. '네가 어떤 의견을 말하든 내가 옳다'고 말하는거니까. 무시를 당하면서까지 항상 내 곁에 있어 줄 사람은 없다. '항상 내가 정답'이라고 생각하는 사람이 외로운이유다.

내가 맞는다 싶을 때도 정답을 양보하는 건, 애인과 더 가까워지는 계기가 될 수 있어요.

06
포기하지 말고 받아들이기

받아들이는 것과 포기하는 것은 비슷한 듯 엄연히 다르다. 어떤 의견 대립이 생겼고, 그게 관계를 이어나가는 데 꾸준히 문제가 될 거 같을 때, 서로 허용 범위 안에서 이견을 조율하게 된다. 조율하는 과정에서 도저히 조율이 안 되는 부분이 생기면, 그 부분을 받아들이느냐 포기하느냐의 문제가 발생한다. 이때 받아들인다는 건 그 사람과 나의 차이를 인정하는 것이고, 포기한다는 건 마지못해 내 의견을 버린다는 의미다.

둘의 의미가 다른 이유는 차후에 발생하는 문제들 때문이다. 차이를 인정한 경우 또 비슷한 문제가 발생했을 때 상대의 생각을 인정하고 넘어갈 수 있지만, 내 의견을 마지못해 포기한 경우라면 과거에 내가 희생했다는 생각 때문에 이번에는 상대에게 포기를 강요할 수 있다. 포기한 것에 대한 보상심리가 계속 남아있어서다. 관계를 맺으면서 날 계속 포기하는 게 좋지 않은 이유다.

포기하는 만큼 상대가 책임져야 할 보상은 더욱 커지기 마련이다. 그러한 보상을 상대에게 강요하게 된다. 그러니 내 의견을 포기하지 않고, 상대에 대해 받아들일 수 있는 것만 받아들이자. 그게 좋은 관계를 유지하는 길이 된다. 받아들이는 게 힘들 땐 그 사람을 좋아하는 만큼 조율하려고 노력하면 된다.

포기는 배추 셀 때나 하는 말이죠.

기꺼이 의지하기

누군가에게 의지하는 걸 싫어했다. 약한 모습을 들키는 게
낯간지럽게 느껴지기도 했고, 항상 누군가에게 필요한 사
람으로만 남고 싶은 욕심이 있었다. 하지만 도움을 받을
줄 모르고, 늘 튼튼한 모습만 보인다는 건 나도 상대도 외
롭게 만드는 일이었다.

누구에게나 약한 모습이 있다. 마찬가지로 누구에게나 도
움이 필요한 순간은 온다. 그럴 때 약한 모습을 보이기 싫
다고 소중한 사람의 도움을 뿌리치면, 그 사람은 삶을 공유
하고 서로의 버팀목이 될 수 있는, 한마디로 내게 소중한
사람이 될 기회를 잃는다. 이후에 내 도움이 필요한 순간
에 그 도움을 받기도 부담스러워질 것이다. 삶이란 게 완
벽하고 깔끔하게 혼자서 나아갈 순 없다. 소중한 사람에게
선의의 민폐를 끼치는 것. 서로가 서로에게 버팀목이 되어
주면서 함께 나아가는 것. 그게 친밀한 인간관계의 바탕이
란 생각이 든다.

누군가에게 소중한 사람이 된다는 건, 그 사람의 도움을 기
꺼이 받을 수 있는 용기에서 시작해요. 또한, 기꺼이 도움을
줄 수도 있는 베풂과 희생정신도 필요하죠.

1분을 아쉬워하지 말기

단답형 대답이 서운한 이유는 그 대답에는 정보만 담겼지 마음은 담겨있지 않아서다. 그러니 애인이 마음을 담아서 말했을 때, 짧은 정보만 주는 답장은 삼가자. 단 1분만 더 투자해도 대답에 성의를 담을 수 있기에. 애인을 1분이 아까운 사람으로 만들어선 안 된다.

단답형 대답을 하는 건 시간이 없는 게 아니라 정성이 없는 거예요.

09
논리 따지지 말기

위로가 필요한 순간에 가장 소중한 사람이 위로해주지 않으면 세상에 내 편이 없다는 생각이 들었다. 그 사람이 내 마음을 모를 수도 있다는 생각에 마음을 설명했지만, 돌아오는 대답은 논리적인 설명이었다. 내가 왜 상심할 필요가 없는지에 대한 설명들. 타박타박하게 너무 다 맞는 말만 하니까 뭐라 덧붙일 말조차 떠오르지 않았다. 상황만 생각하지 말고, 내 감정도 생각해줬다면 좋았을 거란 아쉬움이 남았다.

가끔은 세상 사람들 모두가 날 멸시하는 상황이 오더라도 그 사람만큼은 이유 불문하고 내 편이 되어주면 좋겠다는 생각도 들었다. 나라는 이유 하나만으로 '너니까 그럴 수밖에 없었던 이유가 있었겠지.'라고 믿어줬으면 하는 바람. 이런 것들이 늘 마음속에 있었던 거 같다. 그래서 힘든 날이 오면 설령 내 잘못이라도 그 사람은 무조건 내 편을 들어줬으면 했다. 논리적인 설명이 아니라….

사실 논리적으로 따지자면, 사랑은 그 어떠한 측면에서도 논리적일 수 없다. 한 사람을 그렇게나 생각하고, 마음속에 품고 산다는 게 어떻게 논리적일 수 있을까. 사람의 본능이 자신을 지키도록 하는데, 사랑은 자신을 희생하게 만들기까지 한다. 연애를 시작한 순간, 이미 비논리적인 관계는 시작된 셈이다. 그러니 가끔은 논리나 주변 시선 따질 필요 없이 무조건 애인만을 위한 선택을 해줬으면 좋겠다. 그런 비논리적인 선택이 어쩌면 사람을 가장 사람답게 만드는 선택이 아닐까 싶기에.

가끔은 논리나 주변 시선 따지지 말고, 무조건 애인만을 위한 선택을 해주세요.

10
타이밍 잘 잡기

위로가 필요한 순간에 소중한 사람이 곁에 없으면 가장 외로웠다. 없을 수밖에 없는 이유는 늘 있었고, 언제나 그렇듯 이유를 납득했지만 외로운 건 어쩔 수 없었다. 인생에는 타이밍이란 게 있는데, 그 타이밍을 놓치면 시기적절하게 타이밍을 잡았을 때보다 어려운 길을 가게 되는 법이다. 그건 연애도 마찬가지라 생각한다.

고백할 때만 타이밍이 있는 게 아니다. 함께하는 순간들 속에서 선택해야 하는 순간들은 늘 오게 된다. 그럴 때마다 타이밍 좋게, 후회하지 않을 선택을 하는 게 중요하다. 그 순간을 놓치면 상대는 외로워질 수밖에 없다. 그러니 내 사람이라고 방심하지 말고 예의 주시해야 한다. 그 사람의 마음을, 생각을, 바람을, 욕심을.

애인과 함께하는 순간들 속에서 '타이밍'을 잘 잡아야 할 때가 와요. 그럴 때 시기적절하게 최선의 선택을 하기 위해선 애인의 생각과 마음을 보는 것에 소홀하지 말아야 해요.

'너'의 고수가 되어주기

한 분야에서 고수가 되는 시간, 1만 시간. 그렇다면, 연애를 시작하고, 자나 깨나 그 사람만 바라볼 경우, 너와의 관계에 있어서 고수가 되는 기간은 416일인 셈이다. 사랑은 시공간을 초월한다고 하니 어쩌면 이보다 더 짧을 수도 있겠다.

만약, '너'의 고수가 되었다면, 꼭 지키면 좋을 세 가지가 있다. 고수는 자만하지 않으므로 연인을 잘 안다고 자만해선 안 된다. 고수는 열정을 유지하려고 노력하므로 연인에게 끊임없이 구애하고, 사랑을 표현하자. 고수는 배려할 줄 알므로 자신의 감정만 생각하지 말고, 연인을 배려하자.

무엇보다도 한결같아야 해요.

12

그 사람이어야 하는 이유 찾기

외로움만으로 애인을 만나지 마시고, 꼭 그 사람이어야 하는 이유를 찾으세요. 만약 외로움으로 시작한 연애라면 나중에는 '그 사람이라서 하는 연애'로 바뀌어야 해요.

그래야만 어떠한 문제가 발생했을 때 내 감정보다 '상대'를 배려할 줄 알게 되고, 언제든지 대체할 수 있는 사람이 아닌 진짜 인연이 될 테니까.

때론 이기적으로 굴기

후회하는 관계가 있다. 너무 많이 양보했던 관계. 그때는 그게 최선이라고 생각했다. 마음을 표현하는 방법에 서툴렀고, 어떻게든 그 마음을 보여 주고 싶어서 뭐든지 양보하면서 관계를 이어나갔다. 어릴 적 배웠던 동화의 한 구절처럼 정말 아낌없이 다 주는 연애를 했다. 그런데 노력으로 간신히 이어나가던 내 양보들은 언제부턴가 그 사람에게 당연한 일상이 되었고, 양보하지 않으면 평소랑 다른 모습을 보여주는 것이니 괜히 부정적인 인상을 주지 않을까 염려되었다. 결국 제풀에 지쳐서 "나는 이렇게까지 양보하는데 너는 왜 그래."라는 말을 하게 됐고, 그걸 발단으로 내가 한 만큼의 양보를 그 사람에게 강요하게 됐다.

사실 지금 그때의 나한테 한마디 할 수 있다면 "누가 양보해 달래?"라고 말하고 싶다. 사랑은 아낌없이 주는 게 아니다. 사랑은 서로에게 오가는 것이 있어야 하고, 일방적이어선 안 된다. 일방적으로 주는 사랑이 서로에게 교감하고 조율하는 사랑보다 훨씬 쉽다. 서로 교감하고, 조율하기 위해선 수없이 다투는 과정이 필요한데, 그 과정에서 상처도 나고, 그 상처를 견뎌내면서 관계가 굳건해진다. 이러한 과정은 서로를 더 믿고 알아가는 과정이라 꼭 필요한 것들인데, 이게 어려워서 무조건 다 양보하는 쉬운 길을 선택하면, 관계가 진전될 수 없다. 결국, 연애는 하고 싶은데, 귀찮고 어려운 건 싫어서 꼭 풀어야 할 숙제를 미루는 셈이다.

과거의 나에게 이 말을 덧붙이고 싶다. 사랑은 아낌없이 주는 나무가 아니라고. 너무 많이 양보해서 상대에게 내 양보를 권리처럼 느끼게 만들어서도 안 된다고. 다투고 조율하는 과정이 무서워서 다 맞춰줘선 안 된다고 말하고 싶다.

사랑은 아낌없이 주는 나무가 아니에요.

14
따라 하기

사람은 반한 상대를 따라 하는 경향이 있다. 애인의 습관,
표정, 말투 같은 걸 따라 한다. 그런데 내가 좋아하는 모습
만 따라 하지 말고, 가치관의 차이로 인해 이해하지 못하는
것들도 따라 해보자. 시작은 어렵지만 한 번 따라 하고 애
인이 원하는 걸 함께하다 보면, 애인을 이해하는 데 많은
도움이 된다.

잘 맞는 것들이 많아야만
좋은 관계가 아니에요.
잘 맞지 않는 것들도
이해하려고 노력하는 게 좋은 관계인 거죠.
애인을 따라 해보세요.

당연히 여기지 않기

애인이 내게 당연해졌다는 건, 애인에게 믿음이 생겼다는 의미다. 서로 조율하는 과정을 거쳤다는 의미고, 편하게 느낄 정도로 잘 맞는 인연이 되었다는 의미기도 하다. 하지만 공기가 그렇듯 너무 당연해지면 그 존재를 잃을 수도 있다는 생각을 못 한다. 이 세상 모든 것들에 끝이 있는데, 내 곁에 있는 그 사람만이 끝이 없는 것처럼 소홀하게 대하기도 한다.

안타깝게도 소홀함 때문에 소중한 사람을 잃은 사람들의 공통점이 있는데, 잃고 나서야 소중함을 되돌아본다는 것이다. 하지만 언제나 그렇듯 잃고 나서는 본래대로 되돌릴 수 없다. 내게 수없이 상처받은 그 사람의 마음은 내가 되돌아보고 깨달은 정도의 마음만으론 결코 치유될 수 없기 때문이다.

오늘이 마지막인 거처럼 사랑하세요. 곁에 있는 당연한 그 사람이 결코 당연하지 않다는 걸 항상 알고 있어야 해요.

인연 되어주기

애인에게 좋은 모습만 보이려고 집착한 적이 있다. 처음에는 내 안 좋은 모습에 애인이 실망할까 봐 그랬고, 나중에는 힘든 모습을 보여줘서 애인에게 부담 주는 게 싫어서였다. 하지만 살다 보면, 예상치 못한 힘든 일들은 언제나 찾아온다. 그걸 일일이 숨기며 좋은 모습만 보이기에는 내 마음이 벅찬 순간도 온다.

힘든 일들을 숨기느라 애인에게 속마음을 알 수 없는 사람이 되지는 말자. 위로받지 못해 외로운 사람이 되진 말자. 행복한 일만 공유하려다 결과적으론 더 불행할 수도 있으니.

좋은 모습만 보여줄 필요는 없다. 내 불행에 너무 침잠되어서 상대를 힘들게 해서는 안 되지만, 힘든 일이 있을 때 적어도 마음만큼은 좋아하는 사람에게 의지할 수 있어야 한다. 서로의 힘듦까지 공유하게 되었을 때 행복이 찾아와도 더 축하해줄 수 있고, 더 기뻐할 수도 있으니까.

함께한다는 건
삶의 모든 길을 함께 걷는다는 의미예요.
모든 길을 함께 걸은 사람을
인연이라고 불러요.
소중한 사람에게 인연이 되어주세요.

17
한 방향으로만 다정하기

모두에게 다정했던 사람이 나에게만 다정한 사람이 될 때
그 사람이 날 정말로 좋아한다는 느낌을 받게 돼요. 그건
다른 이성에게 여지를 주지 않는 거니까.

그러니 연애할 때 다정함은 한 방향으로만.

18

익숙함을 식었다고 착각하지 말기

사귄 지 5년이 되어갈 무렵, 내 모습이 예전이랑 다르다는 걸 깨달았다. 열정이나 감정의 뜨거움 같은 게 줄어 있었다. 예전에는 메시지 한 통 보내는 데도 고민하느라 삼십 분이 걸렸다. 잠을 덜 자도 밤늦게까지 통화하는 게 좋았다. 되돌아보면 일상의 흐름이 온전히 그녀 중심으로 돌아가고 있었다.

언제부턴가 덜 고민하면서 메시지를 보냈다. 다음 날이 힘들 걸 알아서 늦게까지 통화하는 게 어려웠다. 애정 표현은 보다 습관적이었다. 손을 잡을 땐 떨림보다는 편안함이 컸다. 그런 일상이 반복되었다. 혹시 이 모든 게 감정이 식어서 그런 게 아닐까 걱정됐다.

하지만 뜨겁지 않다는 게 마음이 뜬 걸 의미하진 않았다. 설렘이나 떨림이 익숙함이나 편안함으로 대체된 건 맞았지만, 언제까지나 설렘과 떨림만으로 관계를 유지할 순 없으니까. 설렘이나 떨림이 사람과 사람을 이어주는 다리 역할을 한다면, 이어진 이후에는 익숙함이나 편안함이 찾아온다. 그건 관계가 안정기에 접어들었다는 의미기도 했다. 그런 안정기를 권태기라 생각할 수도 있지만, 반대로 생각하면, 안정기는 불안 요소가 줄어든 시기이기도 했다. 그만큼 애인이랑 함께 새로운 뭔가를 시도할 수 있는 시기이기도 했다.

그러니 오래 만나서 익숙하고 편안해졌다는 건, 얼마든지 그 사람과 함께 새로운 설렘을 만들 수 있는 진정한 의미의 '인연'이 되었다는 걸지도 모른다. 마냥 설레던 것과는 다르게 좋은 걸 함께 만들어가는 거니까. 그렇게 생각하니 그녀와 하고 싶은 게 이전보다 많아졌다.

익숙해진 건데 감정이 식었다고 착각하면 후회해요.

19

책임지지 못할 감정을 주지 말 것

간혹 애인에게 너무 무심한 사람을 본다. 상대는 좋아하는 마음으로 버티겠지만, 내면 깊숙한 곳은 이미 망가지고 있을 것이다. 가장 다정해야 할 사람이 무심함으로 상처 주고 있으니까.

무심한 사람도 처음에는 다정했을 것이다. 사랑을 얻기 위해 예쁜 말도 했을 것이다. 하지만 상대가 내 사람이 됐다고 생각한 후부터 처음 줬던 감정에 책임지지 않는 것이다. 준 감정에 책임지지 않는데 좋은 관계가 유지될 리가 없다.

책임지지 못할 감정을 주는 것, 유지하지 못할 다정함을 주는 건 상대에겐 아픔이다. 상대는 사랑이 식어간다고 여기니까.

건네준 감정에 책임을 져야 해요. 처음의 다정함을 유지하려고 노력해야 해요. 관계란 한 번 얻었다고 유지되는 게 아니에요. 얻은 후 유지할 줄 알아야 진심인 거죠.

사랑받고 있다는 확신 주기

관계를 지키는 방식은 어떤 관계냐에 따라 다르다. 친구를 지키기 위해선 뒷말하지 않기, 배신 금지, 시간 쓰는 것에 야박하지 않기, 이야기 잘 들어주기 등등, 직장 동료를 지키기 위해선 존중하기, 적절하게 거리두기, 뒷말하지 않기, 시간 약속 잘 지키기 등등. 성격과 가치관에 따라 차이는 있어도 관계에는 어느 정도 통용되는, 그 관계에서만 유용한 '유지 방식'이란 게 있다.

연인 관계에서도 관계를 지키는 유지 방식이 있다. 진실로 대하기, 배려하기, 생각을 강요하지 않기, 말로 표현해주기 등등. 그중에서도 중요하게 생각한 건 '상대가 사랑받고 있다는 기분을 꾸준히 들게 해주기'다.

애인에게 믿음을 주는 가장 기본이 '사랑에 대한 확신'이라 생각해요. 사랑받고 있다는 확신을 주지 못하면 아무리 좋은 사람이라도 '애인'이라 말할 수 없어요. 좋은 사람일 뿐이지.

애인을 '을'로 만들지 말기

자신이 원하는 대로만 하고, 고집만 부린다는 건, 관계에 있어 배려를 독차지하겠다는 의미다. 독차지하겠다는 건 내가 '갑'이 되겠다는 의미다. 따라서 지나친 욕심과 고집은 애인을 자연스럽게 '을'로 만든다. 사랑하고, 사랑받고 싶어서 연애를 시작했건만 자신을 버리고, 자존감을 잃어가면서 나와 만나는 것이다. 그런 입장이 되면 누구나 상처받고 지치기 마련이다.

내 고집보다 애인을 좋아해야죠.

22
애인이 서운한 걸 말할 땐 안아주기

내성적인 편이어서 셋 이상의 사람이 모여 있는 곳에서 목
소리 내는 걸 쑥스러워했다. 학창 시절엔 선생님이 혹여나
내게 질문이라도 할까 봐 세상 무너질 듯 조마조마한 날들
을 보내야 했다. 다양한 사람과 관계를 맺는 게 언제나 어
려웠다.

이런 성격은 연애할 때도 마찬가지였다. 유머 있는 말로
애인을 웃게 해주고 싶었지만 늘 쑥스러웠다. 서운한 문제
가 생겼을 땐 서운함을 말 못 해 내가 불편하고 말았다. 힘
든 말을 일일이 안 하니까 오히려 배려하는 게 아닐까 생각
도 했지만 합리화였다. 의견을 제대로 말하지 않으니 어떤
문제가 생겼을 때 혼자 판단하고 결정하는 상황이 빈번해
졌다.

그동안 난 배려가 아닌 쉬운 길을 선택해왔던 거였다. 내
가 불편한 게 싫어서 혼자 삭힌 것이었다. 좋아하는 상대
에게 서운한 걸 말하고, 문제를 함께 맞춰가려는 노력은,
나 혼자 판단하고 내리는 결정보다 훨씬 고단한 일이었다.

그 고단함으로부터 도망쳤던 것이다. 결국 문제를 혼자 판단하고 결정 내리면서 애인과 내가 맞춰갈 기회들을 포기했던 것이다.

서운한 걸 말하는 건 불편해요. 그 불편한 걸 하는 거예요. 많이 좋아하니까 차이를 맞추고 싶어서 하는 거예요. 그러니 서운한 걸 말하는 애인한텐 미안함과 고마운 마음을 가져야 해요.

2.3

연락으로 배려하기

떨어져 있을 때도 믿음을 주는 건 연인 사이에선 당연한 배려다. 앞으로 오랜 시간 함께할 동반자로서 한눈팔지 않고 당신만을 생각하겠다고 믿음을 주는 배려. 이걸 하지 않으면, 한눈팔겠다고 말하는 것과 같아서 상대에게 불안감을 주게 된다.

연락으로 애인을 배려해주세요.

24
완벽함보다 노력으로 대하기

그 사람에게 완벽한 사람이 되어주고 싶었다. 서운할 틈 없이 사랑으로만 모든 순간을 채워주고 싶었다. 하지만 아무리 노력해도 그건 불가능했다. 서운한 날은 언제든지 생겼고, 그 사람의 기준에서 난 부족할 때가 많았다. 완벽하고 예쁜 연애를 하고 싶었는데 그럴 수 없다는 생각에 매번 좌절했다. 내가 못났다는 사실에 자신감도 잃어갔다. 결국 관계는 끝이 났고, 더는 누구도 만나지 못할 것만 같았다.

그 후로도 몇 번의 좌절이 찾아왔고, 지나서야 깨달은 건 완벽해지려고 했던 거 자체가 오만이었다는 사실이다. 관계에 있어서 완벽이란 없었다. 완벽의 기준이 사람마다 다를뿐더러 내가 완벽하다고 생각하는 행동에서도 상대는 서운함을 느낄 수 있기 때문이다. 그러니 완벽해지려 하지 말고, 상대의 기준에서 좋은 사람이 되어주려고 노력해야 했다.

내 기준으로 완벽해지려고 하지 말고, 애인의 기준에서 노력하는 사람이 되어주세요.

25

변화 알아채 주기

사람의 얼굴을 잘 기억하지 못했다. 두 번 세 번 만났던 사람도 기억 못 해 낭패를 본 적이 많았다. 안면 인식에 장애가 있는 건 아닐까. 스스로 진단을 내리고 별다른 노력 없이 신경 쓰지 않으며 살았던 거 같다. 그러다가 대학교 신입생 첫 강의 때 난감한 상황에 부딪혔다. 교수님이 강의실을 쭉 한 번 둘러보시더니 의자를 몽땅 치우라고 말씀하셨다. 그러고는 작은 원과 큰 원을 만들고 마주 선 채 빙글빙글 돌면서 서로의 이름을 말하고, 이번 시간 안에 모두의 이름을 외우라는 숙제를 주셨다. 그날 진땀을 빼며, 제일 마지막까지 이름을 외우지 못했다. 그 순간 내 상황이 너무 부끄러워서 얼굴이 빨개졌고, 교수님께 부당함을 항의하기도 했다. 그때 교수님이 말씀하셨다. 이렇게 서로를 주의 깊게 기억하지 않으면 '관심'을 가질 기회가 잘 없다고. 머리를 퍽 맞는 기분이 들었다. 난 참 주변에 관심을 두지 않고 살았던 거 같았기에.

어쩌면 안면 인식 장애가 있다고 스스로 진단을 내리고, 삶의 중요한 문제를 회피했던 걸지도 모른다. 그날 수업 후로 사람들을 보면 표정, 눈매, 억양 하나하나씩 마음에 새기게 됐다. 소중한 사람일수록 그 새겨짐은 짙었다. 내가 '인연'이라 부를 수 있는 사람의 모습을 마음에 제대로 새기는 건 그 사람에 대한 예의라 생각하게 됐다. 그러자 거짓말처럼 사람들의 얼굴을 잘 외우게 됐다. 이 경험은 다른 관계에도 영향을 줬다. 소중한 사람의 변화를 잘 눈치채게 되었기 때문이다.

소중한 사람의 작은 변화에도 관심을 가진다는 건, "당신은 내 인연이고, 난 당신의 변화에도 반응할 줄 아는 가까운 사람입니다."라고 말하는 거였기에. 소중한 사람에게 더 예쁘게 다가갈 수 있었다.

반대로 애인의 변화에 무관심할 때, 애인은 사랑받지 못하는 기분을 느낄 거예요. 그러니 애인의 작은 변화에도 관심을 가져주세요. 그건 항상 당신을 생각하고 있다는 의미니까요.

26
해결책만 말하지 말기

애인이 고민을 털어놓을 때 해결책을 먼저 말하지 말자. 공감이 우선이다. 공감은 상대의 문제를 상대의 입장에서 신중히 보게 해준다. 그러면 내 입장에서 말하느라 상대를 배려하지 못하는 실수를 줄일 수 있다. 상대의 입장에서 생각하니 그 사람의 감정에도 공감할 수 있게 된다. 자연스럽게 아픔 또한 나눠 갖는다. 그렇다 보니 애인에게 줄 수 있는 최선의 해결책이 공감이란 생각이 든다. 현실적인 해결책은 그다음이다.

애인에게 공감해주세요. 공감이 위로가 되고, 공감이 해결책이 될 때가 있어요.

고민을 털어놓은 사람은 고민을 들어주는 사람보다 훨씬 오랜 시간 자신의 고민에 대해 고민해요. 상대의 고민에 대해 섣불리 해결책을 줘선 안 되는 이유예요. 잘못 말했다간 고민을 말한 상대에게 '왜 그런 걸 고민해.'라는 이미지를 줄 수 있거든요.

27
바쁠 때도 매몰차지 않기

바쁘다는 이유로 매몰차지 말자. 말 한마디 꺼내기 힘든 지친 하루일 때도 "네 생각 참 많이 났어."라고 말해줄 때 사랑을 느끼니까. 누구에게나 바쁜 시기가 있다. 하지만 바쁠 때 소중한 사람을 지키는 사람이 있고, 못 지키는 사람이 있다. 그게 위와 같은 태도에서 갈리고는 한다.

흔한 착각 같다. 자신이 바쁜 걸 애인이 당연히 이해해줄 거란 착각. 이런 착각은 '좋아하니까 말 안 해줘도 이해해주겠지.'라는 안일함에서 나온다. 명심해야 한다. 연애에도 성실함이 필요하다. 당연히 이해해주는 건 없다. 오히려 깊은 감정이 오가는 사이일수록 남들보다 더 배려하고, 무슨 일이 있을 땐 더 자세히 설명해줘야 한다. 어떠한 관계보다 더 성실해야 하는 게 연인 관계다.

연인 관계는 가장 성실해야 하는 관계지 당연함으로 유지되는 관계가 아니에요.

28
함께 해결하기

집착 문제는 집착하게 만드는 사람의 책임도 크다. 애인이 집착할 때 단순히 "그건 네 문제야."라고 말하기보다 내 태도를 하나씩 점검하자. 실질적인 이유가 내게 없을 거 같아도 원인 제공자는 나다. 결국엔 나와의 관계에서 생긴 문제고, 지금 이 순간 사랑하는 사람을 집착하게 만들고 있으니까. 문제를 함께 해결해야 할 의무가 있다.

집착에 대한 책임은 두 사람에게 있어요.
함께하는 연애지,
혼자 하는 연애가 아니니까요.

29
혼자 노력하게 만들지 말기

연락에 소홀하면 애인은 내게 기댈 수 없으니 외로워져요.
그런데 소홀한 자신은 정작 애인이 힘들다는 걸 몰라요.
지금 애인이 나한테 잘해주고 있으니까 아쉬울 게 없거든
요. 힘든 건 혼자서 노력 중인 애인인 거죠.

소홀한 당사자는 지금 애인이 얼마나 힘든지 몰라요.
애인이 나한테 잘하고 있고,
노력하고 있으니까 아쉬울 게 없거든요.

쉬운 길만 선택하지 말기

"가장 빠른 길은 지름길을 찾지 않는 길이다."라는 말이 있다. 문제를 해결할 때 시간이 걸린다고 쉬운 방식을 선택하면, 더 많은 시간을 쏟고 나서도 그 문제를 해결하지 못할 수도 있다는 의미다. 관계에서도 이러한 법칙이 성립된다. 연인과 어떤 문제가 생겼을 때, 순간을 모면할 수 있는 쉬운 길을 선택하면 근본적인 원인은 그대로 남을 수가 있다. 당장엔 갈등을 모면한 거 같아도 조만간 또 같은 문제가 발생한다. 피했다고 생각한 일이 다시 찾아오니 처음 그 문제를 겪었을 때보다 심리적으로는 더 지친다.

문제를 모면하는 건,

더 큰 문제로 가는 길이 되고는 해요.

의지하기

삶에선 아무리 고민해도 답이 안 나오는 문제들이 있었다. 시간을 두고 지켜보면서 내 상황이 그때와는 달라졌을 때 그 문제에 대한 해답을 찾고는 했다. 지금의 내가 해결하지 못하는 문제를 미래의 내가 해결해주는 셈이었다. 다만, 그런 문제들이 내 인생에 찾아왔을 때 어차피 지금은 해결하지 못할 문제라고 나 혼자서만 끙끙 앓지는 말자. 소중한 사람이 곁에 있다면, 지금의 내 문제를 얘기해주자. 모든 문제를 혼자 해결하기보다 설령 해결책을 못 찾더라도 마음만큼은 애인에게 기대는 게 필요하다. 그렇지 않으면, 애인은 내게서 느껴지는 이유 모를 불안감 때문에 더 불안에 잠길 테니까.

인생의 힘든 순간에 내 문제를 솔직히 얘기하는 건, 지금 이 순간도 널 예뻐하고 있고 신경 쓰고 있다고 말하는 거예요. 그건 힘든 순간에도 널 놓지 않겠다고 말하는 것과 같아요.

32

그러니 더 좋아하기

연인이 자존심을 챙기지 않는다면,

처음부터 자존심이 없는 게 아니라,
자존심을 챙기는 시간에
더 좋아하는 걸 선택했기 때문이에요.

흉터 내지 말기

사랑을 하면, 애인이 조금만 아파도 가슴 아프면서, 마음을 가장 아프게 하는 실수를 저지르곤 한다. 그럴 때마다 잊어선 안 되는 사실이 있다. 마음에도 흉터가 남는다는 사실이다.

마음에도 흉터는 분명히 지고, 흉터 진 마음은 예전만큼 예쁘기가 힘들다. 너무 큰 상처를 받은 사람이 예전으로 돌아갈 수 없는 이유도 그래서다.

상처 줄 거 같을 땐 내가 사랑하는 사람이란 사실을 떠올려야 해요. 소중한 사람의 마음에 흉터를 낼 정도로 절박한 건지 다시 생각해봐야 해요.

기본기에 충실하기

TV 오디션 프로그램을 보다가 가슴에 와닿는 말을 들었다. "프로란 항상 기본기에 충실해야 한다."는 말이었다. 기본에 충실하지 않으면 발전이 없단다.

거기에 덧붙이면, 발전이 없으면 어떤 일이든 이내 애정을 잃기 마련이다. 그런데 연인 관계에도 이러한 논리가 적용된다. 연인 관계에서 기본은 처음의 마음가짐을 잃지 않으려는 노력 같다. 그러한 노력이 없으면 처음의 마음가짐을 잃게 되고, 처음의 마음가짐을 잃으면 상대에 대한 애정도 잃으니까.

애정을 잃지 않기 위해선
처음의 마음가짐을 잃지 마시길.

기대와 서운함의 인과관계

좋아하는 사람이 생기면 질문을 많이 했다. 그에 비해 넌 내게 질문을 하지 않는 편이었다. 너는 질문을 통해 네가 궁금해하는 내 모습을 보려고 한 게 아니라, 있는 그대로의 내 모습을 살폈다. 질문에는 상대에 대한 기대가 담긴다고 해야 할까. 질문을 던지는 순간, 어쩌면 내가 원하는 대답은 이미 있는 걸지도 모른다. 너는 그걸 싫어했다. 있는 그대로 내 모습을 바라봤고, 마음을 열어도 되는 상대인지 신중히 생각하는 거 같았다.

"바다 좋아해?"
"여행 다니는 거 좋아해?"

돌아보면, 너에게 던진 질문들에는 내 기대가 담겨 있었다. 내가 좋아하는 걸 너도 좋아했으면 하는 기대.

그래서 요즘엔 "이거 좋아해?"가 아니라 "뭘 좋아해?"라고 묻는 편이다. "여행 다니는 거 좋아해?"가 아니라 "여행 다니면서 제일 좋았던 기억이 뭐야?"라고 묻는다. 내가 원하

는 대답보다 너의 대답을 더 존중한다는 의미에서. 짧은
뉘앙스 하나로도 상대를 배려할 수 있다는 게 놀랍다. 늦
은 감에 아쉬운 마음도 들지만….

원하는 대답이 있는 질문을 되도록 줄이는 건, 연인을 잘 이
해하고, 배려하는 일이 아닐까 싶다. 묻고 싶은 건

오늘 하루 어땠어?

힘든 일은 없었어?

무슨 생각해?

36
설명은 신중하게 하기

설명에도 타이밍이 있다. 타이밍을 어떻게 잡느냐에 따라 설명은 변명이 되기도 하고, 설명이 되기도 한다. 특히, 상대를 위해서 하는 설명이 아닌, 내 감정을 해소하기 위해서 하는 설명은 아주 높은 확률로 상대에게 변명처럼 들린다. 잘못한 상대가 이번에는 피해자의 감정을 배려하지 않고 자신의 말만 하는 거처럼 들려서다. 그러니 애인에게 뭔가를 설명해야 할 때는 그게 애인을 위한 설명인지, 날 위한 설명인지를 먼저 생각하자. 잘못은 내가 해놓고, 편해지고자 적절하지 않은 타이밍에 설명할 때 애인은 두 번 상처받게 되니까. 그런 실수를 해선 안 된다.

나를 위한 설명이 아닌 애인을 위한 설명을 해야 해요.

상처 주려고 선 넘지 말기

가깝지 않은 사람에겐 비교적 '선'이 많다. 그 사람이 날 신중히 생각할 정도로 노력하지는 않을 거라서 그렇다. 적정 선이란 게 필요하고 서로가 서로에게 상처 주지 않는 거리를 유지해야 한다. 반대로 연인 관계에선 다른 관계에서보다 '선'이 적은 편이다. 애인에게 '선'이 적은 이유는 가까운 만큼 애인이 날 신중히 생각하기 때문이다. 선이 적더라도 상처 주지 않을 거라 믿기에 나에 대해 많은 걸 허용한다.

그런데 종종 좋아하니까 선을 넘도록 허락한 건데, 선을 넘으며 상처 주는 순간들이 있다. 서로 익숙해진 나머지 신중하지 못해서 그럴 때가 있고, 의도적으로 상처를 주려고 선을 넘는 경우도 있다. 그럴 때 말하고 싶은 건, 좋아하니까 선을 넘도록 허락한 그 예쁜 마음을 상처 주는 데 이용하지 말라는 것이다. 상처 주지 않을 거란 믿음으로 선을 넘도록 허락한 건데, 그 믿음을 계속 무너뜨리는 순간, 아무리 연인 사이라도 전보다 크고 짙은 선을 그을 수밖에 없다.

좋아하니까 선을 넘도록 허락한 건데,

그 선을 넘으며 상처 줘선 안 돼요.

서운함을 극복하게 해주는 것

그날도 우린 각자의 방에서 다투고 있었다. 핸드폰 너머로 서로의 한숨이 교차했다. "우리 너무 안 맞는 거 같아." "나도 같은 생각이야." 그러니까 '참 잘 맞는 거 같다'고 생각했던 우리가 '참 안 맞는 거 같다'는 걸 깨닫는 데는 그리 오랜 시간이 걸리지 않았다. 연애 세 달 차 "서로 참 안 맞는 거 같아."라는 말이 잦아진 시기, 도대체 잘 맞는다는 게 어떤 의미인지 곱씹어봤다. "근데 잘 맞는다는 게 어떤 의미 같아?" "글쎄."

서로가 원하는 걸 잘 눈치채주는 것.
같이 원하는 게 많은 것.
성격에 공통점이 많은 것.

그 밖에도 더 있을 것이다. 하지만 우린 위의 세 가지 사항엔 포함되는 게 없었다. 통화를 끊고 생각에 잠겼다. 리스트를 더 생각하면 괜히 우울할 거 같았다. 너와 난 맞는 게참 없는 커플인데 어떻게 사귈 수 있었을까. 이유가 내게 있을지도 몰랐다.

널 처음 만난 날, '널 더 알아가고 싶다'는 생각을 하지 않았으니까. 너에 대한 호기심을 뒤로 미루고 네 마음을 얻는데 집중한 결과였다. 사실 사귀기도 전에 서로 안 맞는 점을 발견하는 게 무섭기도 했다. 이미 너에 대한 마음이 커져 있어서 만난 후에 맞출 수 있을 거라 으레 넘겼었다.

착각이었다. 2년이 지났고, 우리 서로 너무 다른 건 여전했으니까. 차이가 클수록 너에게 당연한 게, 내겐 당연하지 않은 경우가 많아서 서운함으로 쌓이는 건 여전했다.

다만, 잘 맞는다는 게 어떤 의미냐고 지금에야 다시 묻는다면 2년 전과는 다르게 대답할 거 같다. 잘 맞는다는 건 '노력'이라 말하고 싶다. 근본적인 차이는 어쩔 수 없지만, 상대를 더 이해하고 상대가 받고 싶어 하는 사랑을 주려는 노력. 그 노력이 서로의 차이를 좁혀주는 게 아닐까 싶었다.

그렇게나 달랐던 너와 내가 불평은 해도 서로를 의지할 수 있었던 건 그런 노력이 있어서 가능했다고 생각해. 그러니 노력해줘서 고맙고, 잘 맞는 사람이 되어줘서 고마워.

3

참 예쁜 '너'에게

모든 순간에 널 좋아할 수 있는 이유

내가 좋아하는 건 네 모습이 아니라 '너'야. 모습은 언제든지 바뀌잖아. 어느 날엔 이런 모습, 또 어떤 날엔 저런 모습.

그런데 내가 그 모든 날에 널 좋아할 수 있는 건 네 모습이 아니라 '널' 좋아하기 때문이야.

변화를 함께하는 사람이길

나 없이 죽겠다던 사람도 결국엔 떠나더라. 변하지 않고 처음의 모습 그대로 평생을 함께한다는 건 불가능한 걸지도 모르겠어. 그런데도 계속 그런 바람을 갖게 돼. 좋아하니까 생기는 욕심이겠지. 사람은 매 순간 변하잖아. 나를 둘러싼 환경, 주변 사람들이 내 의지와는 상관없이 바뀌니까. 변하지 않으려고 해도 변할 수밖에 없는 거 같아. 우리 관계도 시간이 지나면 처음과는 조금 다른 위치에 서게 되겠지. 그런 순간이 오면, 너는 변하여 떠나는 사람이 아닌,

변화를 함께하는 사람이면 좋겠어.

아팠던 너에게

살이 맞닿는 사이는 그리 많지 않잖아. 살이 닿을 정도의 거리에선 상대의 마음이 지닌 상처까지 느낄 수 있으니까. 그걸 드러내기에 민망하기도 하고, 상대가 그걸 이해해줄 지 불안하기도 하고. 그래서 연인 관계란 좀 특별한 거 같 아. 서로의 상처를 보는 거리를 늘 유지하면서도 서로를 더 꼭 안아주잖아. 그러니까 우리 위로가 필요한 날 서로 를 꼭 안아주자. 꼭 그런 날이 아니더라도 꽉 안아주자.

그렇게 서로의 유일함이 되어주자.

04
계속 궁금해할 거야

'너를 다 공유받고 싶어'라는 관심은 사랑 아니면 힘든 거 잖아. 그러니까 오늘 하루 어땠는지 한결같이 묻고, 한결 같이 말해주고 싶어. 몸은 떨어져 있어도 늘 함께하고 있 다는 기분이 들게끔.

나중에 시간이 지나서 서로한테 익숙해졌을 때. 그때도 계 속 널 궁금해할 거야. 익숙해졌다는 건 내 느낌일 뿐이지 실제로 너는 항상 다른 모습으로 나한테 올 테니까. 어제 랑은 다른 모습, 그저께랑은 다른 모습.

그렇게 네 변화에 맞춰서
지금의 너한테 딱 맞는 사랑을 주고 싶어.

네가 뒤에서 안아줄 때

네가 뒤에서 안아줄 때 참 좋더라. 내가 보지 못한 곳에서도 날 사랑해준다는 기분이 들어서. 사람이 뒤를 보지 못하는 건 어쩌면 뒤에서 날 이렇게 따뜻하게 지켜줄 누군가를 만나라는 의미일지도 모르겠어.

안고 있을 때처럼 너에게만 따뜻한 사람이 될게.

06
사진 잘 찍어주기

널 만나고 변한 것 중 하나가 사진 찍는 거였어. 본래 난 사진 찍는 걸 그리 좋아하진 않았거든. 반면 넌 어딜 가면 사진을 이백 장 삼백 장은 거뜬히 찍었으니까. 처음에는 네가 그렇게나 사진 찍는 걸 이해 못 했어. 사진에 신경 쓰는 시간이 더 많아지니까, 서로한테 집중 못 하는 거 같아서 아쉽기도 했고. 그런데 지나서 보니까 그게 참 좋았던 거더라.

사진을 많이 찍으니까 너랑 함께하는 순간들을 더 예쁘게 남기려고 노력하게 됐어. 그 노력이 추억이 되고. 다음에는 더 예쁜 곳, 더 예쁜 널, 더 예쁘게 담고 싶다는 욕심이 생기더라.

사진은 이 순간을 추억으로 만들기 위해
너한테 최선을 다하는 거였나 봐.

07
너라서

특별해지려고 노력하지 않아도 돼. 내게 의미 있는 사람이
되려고 애쓰지 않아도 돼. 너니까 특별한 거고, 너라서 가
장 의미 있는 거니까.

너라서 가장 예뻐.

그런데도 잃지 않았던 마음이라서

만난 지 얼마 안 됐을 땐, 말하지 않으면 알 수 없는 게 많
잖아. 다투고, 조율할 것도 많고, 말을 해도 이해 못 할 때
도 많아. 서로의 이해관계 때문에 서운한 게 참 많은 게 초
창기 연애이기도 해.

반면에 오래 만나서 관계가 익숙해졌을 때 좋은 건, 말하지
않아도 알게 되는 게 생긴다는 거였어.

많이 다퉜지만 좋아하는 마음을 잃지 않았단 의미고,
이제는 말하지 않아도 알아줄 정도로
서로에게 잘 맞는 사람이 되었다는 의미니까.
그래서 익숙해진 네가 더 좋은 거야.

09
너에게
~~~~~

난 자존감이 낮은 사람이었어. 누군가 날 빤히 쳐다만 봐
도 뭔가 잘못했나 생각할 정도였으니까. 근데 네가 날 좋
아하면서부터 더는 그런 사람으로 살 수가 없겠더라. 네가
좋아하는 내 모습이 자존감 낮은 사람이어선 안 되니까.
그래서 널 만나면서 많이 바뀌었던 거 같아. 이제는 사람
들한테 난 자존감이 높다고 말하고 다녀. 당당히 내 의견
도 말하고, 소중한 사람들을 곁에 둘 줄도 알게 됐어.

좋아하는 마음은 사람을 바꾸기도 하나 봐.

마음의 증거

사귀면서 완벽한 모습만 보여줄 순 없잖아. 어떤 날에는
좀 부족해 보이기도 하고, 새로운 걸 함께하다 보면 남들에
비해서 못해 보일 때도 있을 거야. 그런데 내 기억에 너는
항상 날 멋지게 바라봐 줬다는 거야. 평소보다 부족한 날
에도, 남들보다 멋지지 못할 때도 넌 날 멋지게 봐주더라.
그때 알게 됐어.

남들보다 좀 부족할지라도
애인이라는 이유만으로 격려해주고,
멋있게 봐주는 게 사랑받고 있다는
증거라는 걸.

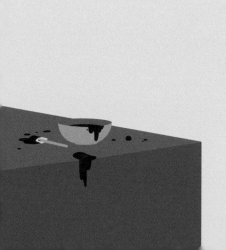

포장하지 않는 이유

사회에 나와선 진심이 부족한 관계가 참 많다는 걸 새삼 느껴. 진심이고 싶어도 이익 관계가 얽히고설키다 보면 그러기가 힘들 때가 있으니까. 더 다가가고 싶어서 내 모습을 많이 보여주면 이용당하기 좋은 바보가 되고, 좋은 마음에 호의를 베풀면 마치 자신이 왕인 듯 호의를 당연히 생각하는 꼰대들도 참 많더라. 이익을 위해 남의 마음을 이용하는 사람이 많다 보니 개인의 외로움은 더 커질 수밖에 없는 게 아닐까 싶어. 그래서 요즘엔

마음조차도 포장해야 하는 형식적인 관계 속에 지쳤기에 너에게만큼은 그 포장 모두 벗겨내고, 오로지 진심으로만 예쁘고 싶다는 생각이 들어.

모든 순간이 예쁜 너에게

누군가를 좋아한다는 건, 그 누군가의 모든 순간을 예쁘게 본다는 의미야. 예쁜 순간만을 예쁘게 보려면 영화 속 등 장인물이나 가상의 인물과 사랑에 빠지는 게 나아. 스트 레스 없고, 예쁘기만 한 사랑은 현실에선 존재하지 않으니 까. 현실의 삶은 밝고 어두운 측면이 동시에 존재하고, 앞 으로도 밝고 어두운 일은 반복될 테니까. 그러니 삶이 어 두운 시기에 있을 때도 곁에 있는 사람을 예뻐해 줘야 해. 그래야 좋을 때만 행복한 게 아니라 모든 순간에 오래오래 행복할 수 있어.

설령 힘든 순간이 오더라도
예쁜 시선을 잃지 않고
함께 극복한다는 의미야.

13
열정을 식혀 내려가는 과정

열정은 짧은 감정이지 오래 지속되는 감정은 아닌 거 같
아. 활활 타오르는 식의 감정이 오래 지속되면 아마 가까
운 사람들이 상처받을지도 몰라. 이성보다 감성에 충실한
것이고, 내 뜨거운 감성에 몰입하다 보면, 상대에 대한 공
감은 떨어질 테니까. 상대에게 공감하지 못하고 주는 사랑
은 아무리 진심이라도 상대를 아프게 해. 그러니 우리 몸
은, 순간의 감성으로 사랑하는 게 아니라 진심으로 사랑하
라며, 스스로 열정을 식혀 내려가는 걸지도 모르겠어.

진심으로 사랑하다 보면, 그 따뜻함이 모여서 삶 전체의 온
기가 되는 게 아닐까.

14
옛날이랑 자주 비교할걸

그때는 이유 없는 서운함이라 생각했어. 처음이랑 달라진 건 없었고, 여전히 널 좋아했고, 거짓이 없었으니까. 그래서 달라졌다고 투덜대는 널 이해 못 했어. 진심이 아니겠거니 했어. 네가 그런 말을 안 하기 시작할 무렵엔 그 문제가 해결됐다고 생각했어. 그게 너한테 아픔으로 남을 줄 몰랐던 거지.

그때 난 좋아하는 마음이 크니까 널 대하는 태도도 똑같다고 생각했던 거야. 바보 같았지. 마음이 같다고 행동도 같은 건 아닐 텐데. 행동이나 표현으로 전달되지 않으면 너한테 서운함이 될 수 있었을 텐데.

예전의 우리 모습이 담긴 사진을 봤어. 참 예쁘더라. 참 예쁜 네 옆에 서 있는 내 모습도 참 멋있더라. 그때만큼 웃지 못하는 널 보면서 생각했어. 네가 서운하다고 말할 때 진작 예전의 우리 관계를 떠올려 볼걸. 그때랑 좀 더 비교해 볼걸. 초심을 잃었던 거였나 봐.

행동으로 표현되지 않는 마음은 마음일 뿐이었더라….

15

변화를 함께해준 너에게

네가 좋아하는 것들을 나도 좋아했고, 네가 싫어하는 건 언제부턴가 나도 싫어하고 있었어. 너랑 합이 잘 맞는 성격으로 성격도 조금씩 바뀌어 갔어. 이게 가끔은 무섭기도 했어. 이러다가 내 모습을 잃는 건 아닐까 싶어서.

근데 괜한 걱정이었더라. 예전 내 모습을 잃는 건 맞았어. 근데 널 만나기 이전 모습으로 돌아가라면, 이제는 네가 좋아하는 걸 내가 더 좋아하게 됐고, 너랑 합이 딱 맞는 성향을 버리고 싶지도 않아. 언젠가 네가 이런 말을 했어.

처음의 모습이랑 너무 달라졌다고. 내가 변했다는 거야. 그래서 내가 싫으냐고 물었더니, 네가 내 팔짱을 꽉 붙잡았잖아. 그때 네가 참 예쁘고, 고맙더라. 우리 이렇게 서로 비슷해진 게 아닐까. 너도 내가 좋아하는 것들을 좋아해 주고 있잖아.

사랑이란 변화를 함께하는 게 아닐까 싶어.

과거를 말하기 힘들어하는 너에게

그 정도로 힘든 과거를 딛고도

이렇게까지나
예뻐 줘서 고마워.

17
영화의 주인공처럼

영화에는 복선이란 게 있어. 복선들은 사실 주인공을 꽤나 힘들게 만드는 일들의 암시이기도 해. 그런데 그 힘든 일들이 결국엔 주인공을 멋지게 성장 시켜. 과거의 힘든 일들이 더 멋진 주인공을 만들기 위한 필연적인 과정이 되는 거야. 물론 현실은 영화처럼 정해진 결말만을 향해 나아가진 않아. 좋은 결말을 예상하더라도 끝은 불행하기도 한 게 현실이야. 그런데도 말이야. 너의 모든 순간이 더 멋진 일들로 나아가는 복선이길. 힘든 일들조차 나중에는 웃으며 회상할 수 있기를. 네가 그런 용기 있고, 멋진 사람으로 나아가기를 끊임없이 응원할 거야.

너의 모든 순간이 널 주인공으로 만드는 길이 되기를 응원할게.

서로에게 맞추는 연애

맞춰간다는 건, 서로의 차이점을 조율한다는 의미 같아. 조율하려면 자신을 버리지 않는 선에서 양보하는 게 필요해.

흔히들 다른 점을 인정해야 한다고 하잖아. 그런데 다른 점을 인정한다고 해서 각자 자기 방식대로만 연애하면 안 되는 거 같아. 그건 그거대로 분명 서운할 테니까. 내가 사랑을 느끼는 순간이랑 네가 사랑을 느끼는 순간이 다를 텐데, 각자 자기 방식대로만 연애하면 그 순간들을 이해 못하게 되잖아.

너와 내가 어떻게 다른지 이해해야만 다른 점을 인정할 수도 있지 않을까. 그러려면 양보하면서 서로에 대해서 잘 알아가는 게 우선인 거 같아.

19
배려를 당연하게 생각했던 날들

배려를 당연하게 느낄 때가 있어. 누군가 내게 한결같이 잘해주면, 어느새 그게 일상이 돼서 잘해주는 게 노력이란 사실을 잊게 되는 거야. 고마운 줄 모르게 되는 거지. 노력하는 상대는 지치게 되고. 그러니 누군가 한결같이 잘해주길 원한다면, 그걸 당연하게 여기지 않으려는 내 태도가 우선시 되어야 해.

사랑을 받을 준비가 되어있지 않으면,
사랑을 주는 사람은 지치기 마련이니까.

다툼이 상처로 남지 않게

우리 다툴 때 넌 차분할 때가 많았어. 그때는 그게 참 얄밉더라. 난 감정이 격해져서 너한테 이것저것 요구했었는데, 넌 그걸 차분히 수용하기까지 했잖아. 가끔은 그런 네 모습을 보고 나한테 아쉬운 게 없어서 그런 건 아닐까 과하게 해석하기도 했어. 참 바보 같았더라.

지나서야 알게 된 건, 우리 참 많이 싸우기도 했지만, 그 다툼들이 내게 상처로 남은 적이 없다는 사실이야. 넌 서운해도 다툰다는 이유로 내게 상처를 줬던 적이 없더라. 그 순간 내가 많이 미웠을 텐데, 오히려 넌 날 챙겨줬던 거 같아. 내 말에 귀 기울여줬고.

다툰다는 게 감정싸움이 아니라 서로에게 맞춰가는 과정이란 걸 알게 해줬어. 많이 미안하고 고마워.

21

진짜 모습을 좋아하게 될 때

너에 대해 알아가는 게 참 좋았어. 널 많이 알수록 내가 좋아할 수 있는 모습이 더 많이 생기는 거 같았거든. 처음에는 그냥 네 존재가 좋았다면, 시간이 지날수록 좀 더 구체적인 모습들을 좋아하게 됐어. 머리를 묶을 때 모습이 참 예쁘다는 거, 당황할 때 눈동자를 옆으로 돌리는 모습이 귀엽다는 거, 예쁜 걸 볼 때 표정이 가장 예쁘다는 거, 김밥 속 당근을 빼는 모습이 애기 같다는 거, 예전에는 몰랐던 모습들을 알게 되면서 시간이 지날수록 진짜 너를 좋아하게 되는 느낌이었달까.

연인에 대해 많은 걸 알게 되는 건 그 사람의 진짜 모습을 좋아하게 된다는 의미인가 봐.

서로 방심하지 말자

예전에는 핸드폰을 참 자주 잃어버렸어. 왜 이렇게 조심성이 없을까 고민했는데, 이유를 알겠더라. 나랑 가장 가까이 붙어 있는 물건이어서 그랬던 거야. 이 말이 모순적인 걸 알아. 가까이 붙어 있으면 더 잘 안 잃어버려야 하지 않느냐 싶기도 하니까. 그런데 가장 가까이에서 필요한 순간에 너무 당연하게 곁에 있으니까 방심할 때가 있었던 거 같아. 당연히 있을 거란 생각에 없어진 줄도 모르고 지나가 버리는 거지. 이게 연인 관계랑 비슷하다는 생각이 들더라.

가장 가까이 있다고, 필요한 순간에 당연한 듯 곁에 있어 줬다고 방심해선 안 돼. 물건도 옆에 있다고 방심하면 잃어버리는데, 하물며 연인이니까.

네가 아니면 안 되는 이유

세상 모든 연인에겐 숙제가 있어. 누구로든 대체할 수 있는 사람이 아닌 꼭 이 사람이어야 하는 이유를 애인에게서 찾는 것.

시작점에선 서로에 대해 아는 게 많이 없어. 오랜 친구에서 연인으로 발전했다고 해도 연인이라는 특수한 관계로 넘어오면 새로운 사실을 많이 알게 되니까. 몰랐던 모습들이 계속 생겨나게 돼. 그런데 사실 그때부터가 진짜 연애를 하는 게 아닐까 싶어. 감정만 앞서던 시기를 지나서 그 사람의 진짜 모습을 보게 되고, 그 모습을 좋아할 수 있을지를 판단하는 순간이 온 거니까.

그리고 그 모습을 진심으로 좋아하게 될 때, 세상에 있는 많은 잠재 인연에게 눈길조차 주지 않는 게 아닐까. 그 사람이 더 이상 남자나 여자가 아닌 유일한 '네'가 된 거니까.

모든 연인에겐
'네가 아니면 안 되는 이유'를 찾아가는 숙제가 있어.

24
나는 너에게

너에게 타오르고 끝나는 사랑이 아닌

길고 긴 여운이 되고 싶어.

한마디로 널 사랑하고 싶다는 말

네가 지닌 아픔도 기쁨도 다 차별 없이 사랑할게. 그 모든 순간을 합쳐서 '너'일 테니까. 너의 밝은 모습, 너의 행복만 사랑하려고 고백한 게 아니란 얘기야. 네가 가지고 있는 모든 모습을 받아들이고 싶고, 앞으로 겪게 될 좋은 일, 힘든 일 모두 너랑 함께하고 싶어. 그럴 마음으로 고백한 거니까.

한 마 디 로   널   사 랑 하 고   싶 다 는   말 이 야 .

26
지금이 아니어도 돼

지금 느낄 수 있는 감정과 마음을 나중에는 느낄 수 없을 때가 있어. 함께하고 싶은 걸 못 한 채 지금이 지나버릴 때 아쉬워하게 돼.

근데 반대로 생각해보면, 지금에만 느낄 수 있는 것들이 있듯이 나중에는 나중에만 느낄 수 있는 것들이 있는 거더라. 원하는 걸 너랑 함께 다 하고 싶지만, 사실 현실에선 그게 불가능하잖아. 못 하는 일들이 더 많지. 그러니 함께 기다리고, 다음에 할 수 있는 것들을 함께 계획하고, 함께 미래를 고민하는 시간들이 당장에 못하는 걸 아쉬워하는 것보다 더 중요한 게 아니었을까 싶어.

그러니 꼭 지금이 아니어도 돼.
같이 기다릴게.
함께 있는 시간 자체가 더 소중하니까.

27
너에게
~~~~~~~~

제아무리 행복한 꿈도 아침이 오면 깨게 되어있고. 제아
무리 좋아하는 계절도 넉 달 채 지나지 않아 지나간다. 제
아무리 사랑하는 사람도 시간 앞에선 이별하게 되어있다.
세상엔 사람의 의지를 비웃는 거부할 수 없는 순리라는 게
존재한다. 그 순리라는 건 우리의 인생에 상처를 만드는
법이지만, 그 상처 때문에 우리의 인생은 여운을 가지기도
한다.

내일도 행복한 꿈을 꾸리라는 기대.
이 계절을 또 볼 것이라는 희망.
사랑이 영원할 것이라는 믿음.

기대, 희망, 믿음 참 좋은 말이다. 이 말들이 우리의 마음을
긍정적으로 만드는 것은 우리의 삶이 상처 속에서 단련되
고 있음을 말하는 거겠지.

과거에도 지금도 앞으로도 나의 기대, 희망, 믿음인 너에게
이 글을 써.

28
첫 키스

무수히 많은 별이 하늘에 수놓인 밤이었어. 너랑 함께 별 아래 놓인 백사장을 걸으며, 가을의 밤공기가 실어오는 파도 소리를 듣던 날이야. 늦은 시간이라 너와 나 둘뿐인 바다였지.

바다의 시큼한 냄새조차 달콤하게 느끼며, 너와 발맞춰 걷다 보니 어느새 우린 등대 앞에 도착했어. 바다를 향해 길쭉하게 뻗어있는 등대였어.

우린 바다의 길잡이인 등대 앞에서 한동안 서 있었어. 바다에 비친 달빛이 우리를 에워쌌지. 분명, 그때의 밤바람은 좀 차가웠던 거 같아. 그런데도 네 손의 온기랑 네 마음의 온도가 따뜻해서 그랬던 걸까. 전혀 춥지 않았어.

나는 너를 내 눈에 담으며 생각에 잠겼어.

등대

·

．

．

문득, 네 존재가 나에겐 등대 같다는 생각이 들었어.

널 바라볼 때면, 내 삶의 모든 순간이 마치 너에게 당도하기 위해 존재한 것만 같았거든.

내 삶은 망망대해처럼 어디로 가는지 모르는 하루의 연속이었지만, 네가 내 마음의 좌표가 되어줬으니까. 너는 분명 날 사랑으로 이끌어준 등대였던 거야.

나라는 존재는 오랜 시간 널 그리워한 끝에 너라는 빛에 이끌려 지금 이 순간에 당도한 게 아닐까 싶었어.

나는 이러한 심정을 네게 말하고 싶었지만, 말로만 담기에는 너무 소중했던 거 같아. 그래서 용기를 내어 너에게 입맞춤했지. 마치 내 마음을 너에게 불어넣는 것처럼 말이야.

그게 우리의 첫 키스였어.

입을 맞췄던 순간의 네 사뿐한 숨결이 아직도 생생하게 느껴져. 짧은 순간에 오갔던 숨결이 내게 많은 생각을 안겨줬으니까.

어쩌면 말이야.

첫 키스를 통해 서로의 숨결을 받아들인다는 건, 가슴 깊은 곳에 숨겨놓았던 마음을 처음으로 서로 주고받는 것일지도 몰라. 하나가 되고 싶은 마음이 숨결과 함께 서로의 마음에 흘러들어가는 것, 그렇게 마음에 거대한 공통점이 생기는 걸지도 몰라.

생각이 많은 요즘

공감하는 법을 잘 몰랐던 나는 네 마음에 공감하지 못할 때 늘 불안감을 느꼈다. 공감받지 못하면 서운할 테니, 네가 떠날까 봐 무서웠다. 그래서 널 붙잡기 위해서 '주는 사랑'에 집착하기도 했다. 뭐든 하나라도 더 주려는 사랑을 했다.

다만, 공감 없이 마음을 준다는 건 "내가 세상에서 가장 좋아하는 거니까. 너도 좋아하게 될 거야."라고 말하며 상대가 원치 않는 걸 계속 주는 것과 같았다. 그건 주는 내 모습에 집착하는 것이지, 받는 상대의 입장은 생각하지 못하는 태도였다.

어느 날 네가 말했다. "오빠는 나를 사랑하는 게 아니라 날 사랑하는 오빠 모습을 사랑하는 거 같아."라고. 그 말을 듣고 나서야 내가 위와 같은 태도로 네게 사랑을 줬다는 사실을 깨달았다.

아무리 주는 사랑이 크더라도 받는 네 마음도 생각해야 했고, 내 사랑에만 집착하는 게 아니라, 내 사랑에 반응할 너의 사랑도 배려해야 했다. 하지만 이건 공감 없이는 안 되는 것들이었다.

공감은 서로의 마음을 하나로 섞는 과정이란 생각이 든다. 쌍방향으로 마음이 교차해야 하니까 마음의 스킨십 같달까. 그러니까…

어떻게 해야 널 마음으로도 꼭 안을 수 있을지.
생각이 많은 요즘이다.

30
늘 좋은 사람일 필요는 없어

좋은 영향을 주는 사람이 되고 싶어. 항상 좋은 모습만 보여주겠다는 말은 아니야. 힘든 날에는 힘든 티도 낼 거니까. 하지만 힘든 일이 있을 때 잡은 손을 놓지 않으면 서로 더 신뢰하게 되겠지. 그렇게 더 믿고 너에게 좋은 영향을 주는 사람이 되고 싶어.

그러니까 내 말은 힘들 땐 힘든 티를 내도 괜찮다는 거야. 지칠 땐 지쳤다고 말해도 괜찮다는 거야. 혹여나 그 말에 내가 흔들릴까 봐 걱정하지 않아도 된다는 말이야. 네가 그런 시기엔 내가 믿음을 주면 되니까. 그렇게 서로를 더 믿는 계기를 만들 거니까. 그렇게 쭉 함께하자.

늘 좋은 사람일 필요는 없어. 잡은 손만 놓지 않으면 돼.

31

유효한 노력이냐를 떠나서

어린 시절에 가장 서러웠던 기억이 있어. 나는 열심히 노력했는데 그 노력을 아무도 알아주지 않을 때였어. 어린 내 기준에서는 필사적인 노력이었는데, 또래 친구나 선생님이 보기에는 눈치채기 어려운 미미한 변화였던 거지. 지금 생각해 보면 그렇게 서러워할 일은 아니었는데 말이야. 그땐 그게 그렇게나 서럽더라. 상대방을 위해서 한 노력이었는데, 상대방은 그 사실을 모르니 어찌나 밉던지 며칠 동안 입을 꾹 다문 채 보냈어.

그런데 사실 지금도 연애할 땐 그때랑 같은 일이 생기기도 하더라. 사실 남이 보기에 사소해 보이고, 상대가 보기에도 사소한 변화일지 몰라. 하지만 어린아이의 기준에서 세상 모든 걸 총동원한 노력이었듯이 애인을 위해서 한 큰 노력인 경우가 있어. 그걸 몰라주면 서러울 때가 있더라. 물론 상대에게 유효한 노력이냐 아니냐의 문제도 있을 거야. 천천히 변하고 있더라도 가끔은 상대를 위해서 그 노력을 알아주려고 우리 둘 다 노력하자.

아이가 칭찬을 먹고 자라듯이
연인도 칭찬을 들으면서
서로에게 어울리는 사람으로
성장하는 거니까.

32
약속할게

다 변해도 너는 변하지 않았으면 좋겠어. 세상에 변하는 게 그렇게나 많은데 너 하나만큼은 내게 그런 존재였으면 좋겠어. 서로에게 그런 존재였으면 좋겠어. 나이가 바뀌고, 환경이 바뀌어도, 이전에 없던 사건이 생기고, 주변 사람들이 바뀌고, 몸도 조금씩 바뀌더라도. 그래도 마음은 변하지 않은 채로 곁에 있어 줄래?

모든 게 변해도 마음은 변하지 않겠다고 약속할게.

4

아팠던 날들의
말들

마음 정리

그리워도 돌아가고 싶진 않다. 참고 또 참으며 헤어짐을
말하기까지, 그 결심을 하기까지 마음 아팠던 걸 생각하면
돌아가고 싶진 않다.

뱉은 말은 한마디지만 마음속으로 생각한 말들은

수없이 많았고, 그 말들에 매번 상처받았기에.

02

다 좋은데 그거 하나가 문제였어

늘 그랬다. 다 좋은데 그거 하나가 문제였다. 다 좋아서 그 거 하나를 어떻게든 참아보려 했다. 지나서 보니 그 문제 가 다른 장점을 가릴 정도로 내겐 컸던 건데.

큰 문제를 작게 치부하면 당장엔 안도한다. 나만 참으면 다 괜찮을 거 같다. 하지만 그건 해결이 아니더라. 문제를 참고 넘어가면 그 문제는 언제든지 다시 찾아온다. 그럴 때마다 참으면, 사랑하려고 시작한 관계가 버티는 관계로 바뀌기 시작한다. 설령 그냥 버티고 말지라고 생각하고 또 넘어가더라도 언제까지고 버틸 순 없다. 결국엔 서운하고, 지치게 된다.

"다 좋은데 그거 하나가 문제였어."라는 말은 그거 하나만 부각될 정도로 큰 문제가 있다는 거다. 그걸 조율할 수 있느 냐의 여부는 꼭 따져 봐야 할 문제더라.

0.3
미련
~~~~~

돌아보면 헤어진 애인 때문에 필요 이상으로 아파한 게 정말 후회된다. 아무리 힘들어해도 바뀌는 건 없다. 내 아픔을 상대가 알아주지도 않는다. 내 아픔을 배려할 사람이었다면, 그렇게 떠나지도 않았다. 결국 아픈 만큼 손해 보는 건 나뿐이더라.

감당할 수 있는 만큼만 아파하고 일어섰다면 좋았을 텐데….

상처받고 싶지 않은 날

과거의 좋았던 일을 떠올리면서 지금의 상처 주는 모습들을 이해하고 넘겨선 안 된다. 그런 관계는 오래가기 힘들다. 내 사랑이 아무리 예뻐도 사랑은 둘이 합쳐져서 완벽해지는 것이기에. 한쪽의 사랑이 불량하다면 완벽해질 수 없는 게 연인 사이다. 잘못 합체한 기계처럼 삐걱거릴 것이고, 결국엔 정상적이고, 예뻤던 사랑마저 불량한 감정 때문에 망가질 수 있다.

그러니 합쳐져서 예쁜 사랑을 해야 한다. 나만 사랑하고, 나만 이해하는 그런 사랑 말고.

좋아하니까 이해하고 넘어갔던 많은 일이, 헤어지고 나서 보니까 남들이라면 당연하게 받아들이지 못하는 것들이더라. 결국, 당연하지 않은 것들을 당연하게 넘어가느라 그토록 아팠던 날들이었다.

05
지나서야 알겠더라

함께할 수 있는 소중한 시간을 놓치는 건데 미안해하지 않으면 마음이 식었다고 생각하게 된다. 그러니 아무리 뚜렷한 이유가 있더라도 만나지 못하는 걸 당연하게 생각해선 안 된다. 미안해하고 다음을 기약할 줄 알아야 한다. 그게 바쁠 때 상대에게 해줄 수 있는 최소한의 배려다. 그 정도도 하지 않았다는 건,

사실 바쁘다는 말로 마음이 식은 걸 표현하는 거더라.

06
좋아하면 희생하도록 내버려두지 않는다

희생하지 않으면, 그 사람이 떠날 거 같아서 다 맞춰가는 연애를 한 적이 있다. 힘들었지만, 헤어져서 겪을 아픔보다야 덜 힘들 거 같았다. 좋아하다 보면 언젠가 그 사람도 바뀌겠지 싶었다.

하지만 지나서 되돌아보니, 진심으로 좋아하면 그렇게까지 희생하도록 내버려두지도 않는 거였다.

결국, 떠날 사람을 위해 희생한 거였다. 아픈 게 무서워서 놓지 못했던 게 더 큰 상처로 돌아왔을 뿐이었다.

07

이기적인 애인은 끝까지 이기적이더라

상처 주고 싶지 않아서 연락을 참았는데 넌 참 쉽게 전화하더라. 오해의 여지가 있는 '보고 싶다'는 말도 참 쉽게 하더라. 그 말을 듣고 널 다시 만날 거라 기대한 나만 바보가됐어.

결국엔 자신의 감정만 털어내려고 전화한 거였어. 헤어지자는 말조차 내가 하도록 만들었으면서, 헤어진 후의 감정도 모두 내게 던지고 있던 거였네. 그땐 그걸 몰랐고, 네가내게 미련이 있는 줄 알았어.

너는 죄책감 덜려고 연락한 거지만,
난 괜한 기대로 또 무너졌다.
이별에서조차 이기적인 너였는데,
그땐 몰랐었다.

언제나 어렵다

뭔가를 비워내는 일 중…

마음에서 사람을 비워내는 일은 언제나 어렵다.

놓아야 할 사람

좋아하면 애인이 내게 매달리며 힘들어하는 모습을 지켜볼 수가 없다. 마음이 아파서. 애초에 그런 상황을 안 만들려고 한다.

반대로 내가 매달리고 집착하는 상황을 계속 만드는 애인은 날 안 좋아한다는 증거일 수 있다. 내 마음은 가는데, 오는 마음은 없으니 내가 매달리고 집착하는 것이니까.

그런 사람을 잡으려고 노력하는 건 무의미하다. 사람은 본디 쉽게 가질 수 있는 것보다 가질 수 없는 것에 매력을 더 느끼는 법인데, 그 사람은 지금 내게서 매력을 못 느낄 확률이 높기 때문이다. 언제든지 곁에 둘 수 있는 쉬운 사람으로 여길 확률이 높다. 그러니 결단해야 한다. 내 마음을 고맙게 여기지도 않고, 날 매력적으로 보지도 않는 사람에게 더 마음을 줄 필요가 있을까. 이런 인연보다 좋은 인연은 세상에 차고 넘친다.

매달려야 잡히는 사람은 나 없이도 잘 산다.

10
스스로에게 하는 거짓말

이해하면 안 되는 것들을 이해하는 건 끝날 관계를 위해 노력하는 거였다. 내가 실은 받아들이지 못하는 것들이라서 그렇고, 상대가 관계를 회복할 정도로 날 좋아하진 않아서 그렇다. 날 많이 좋아했다면 애초에 문제를 일으키지도 않았을 테고, 실수로 그런 문제를 일으켰다고 하더라도 내가 이해해야 하는 상황을 만들기보다 자신의 잘못을 수정하려고 노력했을 테니까. 그렇지 않았다는 것에서 이미 마음이 보인다.

끝날 관계를 위해 노력하진 말자. 이해할 수 있다고 스스로에게 거짓말해서도 안 된다.

돌아가기 싫은 이유

서운함을 말해도 넌 그게 왜 서운한지 이해하지 않으려 했
다. 상처가 됐는데 너 자신의 기준으로만 내 아픔의 여부
를 판단했다. 난 분명 아픈데 넌 내가 아프지 않은 거처럼
대했다. 그런 순간들을 버티기가 힘들었다. 헤어지고 나서
야 넌 내 상처를 이해한다고 했지만,

이제는 좋아하는 마음보다
상처가 더 커져서 돌아갈 수가 없다.

12
상처를 예고하는 복선

어떤 문제가 발생하기 전 복선이 보이는 경우가 있다. 예고 없이 찾아오는 무통보, 무복선의 문제들이야 피하려야 피할 수 없으니 필연적으로 직면할 수밖에 없을 것이다. 하지만 문제가 발생하기 전 복선이 보인다면 신중히 결정할 일이다. 그런 복선이 보일 때는 평소보다 주의해서 앞으로의 일들을 결정해야 한다. 어쩌면 그 복선이 문제를 피할 수 있는 마지막 기회일 수도 있기 때문이다.

마찬가지로 연인 관계에서도 '복선'이란 게 있다. 가령 상대가 내게 상처 줄 수 있는 사람이란 걸 알게 됐을 때, 좋아하는 마음 때문에 그걸 무시해선 안 된다. 그걸 직면하고, 수용할 수 있을지를 결정해야 한다. 그 문제는 앞으로 더 큰 상처를 주게 될 복선일 가능성도 있으니까. 흘려보내선 안 될 일이다. 좋아한다는 이유만으로 그러한 낌새나 확증을 무시하면 나중이 더 힘들어진다. 깊어졌을 때는 보다 뼈아프게 그 문제와 마주해야 하기 때문이다.

좋아하는 마음 때문에 안 좋은 일에 대한 복선을 무시하지 마시길.

좋아하긴 한 걸까

누군가를 좋아했을 때 그 사람의 작은 행동 하나하나에 의미를 부여했다. 소소한 선물도 크게 느꼈고, 그 사람이 날 위해 해주는 모든 것들이, 내 마음이 커질 만한 충분한 이유가 되었다. 그렇다 보니 종종 하는 실수가 있었다. 작은 것에서 고마움이랑 사랑을 느끼는 건 좋았지만, 때로는 작은 것도 크게 해석하면서 사랑받고 있다고 합리화했다. 사랑받지 못하는 연애에서 그 사람이 날 많이 좋아해 준다고 합리화하면서 이별을 보류했었다.

그러니까 그건 그 사람의 마음이 큰 게 아니었다. 내 마음이 커서 뭐든 좋게 봤던 거지. 그 사람이 날 많이 좋아한다고 믿고 싶었던 거였을까.

붙잡지 말아야 할 인연

가장 비참했던 건, 내가 없어야만 네가 행복하다는 걸 알
게 될 때였어. 마치 내가 네 인생의 족쇄라도 된 거 같았거
든. 넌 헤어진 후에 나 때문에 하지 못했던 것들을 참 열심
히 하더라. 모임도 나가고, 사람들도 잘 만나고, 예쁘게도
꾸미고 다니더라. 그 모습을 보니까 언제부턴가 나보다 나
외의 것들에 아쉬워진 거구나 싶었어. 우리 관계의 신뢰를
저버릴 만큼 그런 것들이 아쉬웠던 거지. 이게 네가 되돌
아왔을 때 널 잡지 않은 이유였어.

딴 게 아쉬우면 언제든지 날 버릴 텐데,
그걸 반복하고 싶진 않더라.

15

무슨 말이든 믿어주는 사람

그 사람이 내게 했던 말들, 지나서 생각해보니 다 변명이었다. 사실 그때도 변명이란 사실을 모르지는 않았다. 알고도 믿었다. 좋아하는 사람이 하는 말이니까 진실 여부를 판단하고 싶지 않았다. 가장 믿어줘야 할 사람의 말에서 진실 여부를 따져야 할 정도면 이미 신뢰는 끝난 거나 마찬가지일 테니까. 그게 두려웠던 걸지도 모른다. 하지만 두려웠던 낌새는 정확했고, 더는 그 사람을 믿을 수가 없었고, 얼마 후 관계는 끝이 났다.

곧이곧대로 다 믿는 건 바보여서가 아니다. 그만큼 상대를 신뢰하고, 좋아하고 있다는 의미다. 그런 사람을 속인다는 건,

무슨 말이든 믿어주는 사람을 잃는 거지.

진작 연락 왔겠지

좋아하는 사람이 생기면 연락에 집착했다. 사귀지 않는 사이라도, 상대에게 티를 내지는 않지만, 핸드폰을 보며 하염없이 답장이 오길 기다리는 순간들이 있었다. 그럴 때마다 느낀 건 나만 연락을 기다리는 건 나 혼자 좋아하면 생기는 특징이란 사실이었다.

사귈 때도 마찬가지였다. 연락 문제로 애인이 속을 썩이면, 나만 너무 좋아하는 게 아닐까 불안했다. 이런 시간들이 반복되면 불안감에 지쳤다. 사실 지쳐가는 걸 방치하는 건 좋아하면 할 수 없는 행동이라 생각하기에 결국, 연락 문제로 속 썩이는 애인은 내 선에서 차단하게 됐다.

나만 연락에 집착한다면, 상대의 마음을 이미 알 수 있는 부분 아닐까.

보고 싶지만 만날 수 없었던 순간

헤어지면 다짐하는 게 있다. '헤어진 문제가 해결되지 않았는데, 보고 싶다는 마음만으로 재결합하지 말기.' '너무 좋아했지만 그런데도 헤어진 이유가 있었다는 걸 스스로에게 상기하기.'

보고 싶은 마음만 믿고 가기엔 너무 많이 상처받았던 날들이니까. 그렇게나 좋아했는데도 헤어진 거니까. 그걸 반복하지 않으려면 헤어진 문제를 먼저 해결해야 한다.

그리운 마음이 크다고 해서 헤어진 문제가 해결되진 않는다. 재결합 후 상대를 갈망하는 마음이 익숙해지면 그 문제는 다시 부각될 수밖에 없다.

헤어진 애인을 만만하게 보는 사람

헤어진 애인을 만만하게 보는 거 참 싫다. 재회를 바라는 것도 아니면서 외로워서 전화하거나 술김에 전화하는 행동 등등. 나는 잊으려고 매일 울었고 겨우 떨쳐냈는데, 그런 날 무시하는 행동이잖아. 자기감정에만 빠져서 헤어진 사람한테 몹쓸 짓 하는 거다.

외로울 때 가장 만만한 게 헤어진 애인이야. 전화 와서 '그냥'이라고 말한다면, 그건 만만해서 전화했다는 거지. 정말 재회할 마음이 있으면 그냥이 아니라 문제를 해결할 방법을 가지고 전화했어야지.

19
좋은 사람이잖아

"좋은 사람이잖아."라는 친구의 조언이 씁쓸했다. 진심 어린 조언은 고맙지만, 애인과 나 사이의 문제에선 우리만 알 수 있는 혹은 나만 알 수 있는 요소들이 있다.

그러니 관계에 대한 판단을 조언만 듣고 해선 안 된다. 판단에 대한 책임도 결국 내가 지는 거니까.

좋은 사람은 맞아. 날 외롭게 하는 것 빼곤 말이야.

헤어지고 달라 보이는 모습

잘 안다고 생각했는데, 헤어지고 나서 보니 완전히 딴사람 같을 때가 있다. 사귀는 동안에 본 모습이 전부가 아니었던 거다.

사실 어떠한 관계에서도 날 완전히 드러낼 순 없다. 사람 은 시시각각 변하기도 하고, 상대가 내게 바라는 기대치에 따라서 혹은 상대에게 보여주고 싶은 모습에 따라서 날 바 꾸기도 한다. 그러니 관계가 바뀌고, 이별을 겪은 지금 그 사람이 다르게 보이는 건 어찌 보면 당연하다. 중요한 건 헤어지고 나서 그 사람이 어떻게 보이느냐가 아니다.

내가 왜 그 사람을 다르게 보고 있는지가 중요하다. 더는 상 관없는 사람이라면 다르게 보이더라도 지나치면 될 문제다.

사소하지 않은 사소한 문제

나한테 중요한 건데 너한텐 그게 어떻게 사소할 수가 있는
걸까. 내 생각과 가치관을 너의 기준으로 판단하고, 내 감정
을 존중하지 않은 거잖아. 서운하다고 참 많이도 말했지만,
매번 듣지 않았지. 점점 말을 안 하게 됐어. 다 풀려서가 아
니라 이해받지 못할 걸 아니까. 마음을 닫기 시작한 거야.
그 과정이 얼마나 힘들었는지 너는 이해도 못 하겠지.

애인이 중요하게 여기는 문제는 작아 보일지라도
큰 문제로 생각해야 해.

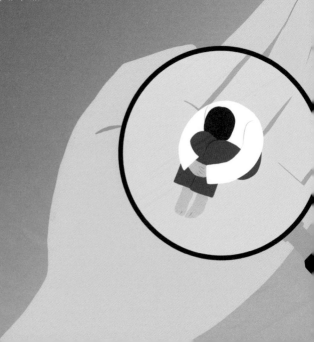

바빠서 헤어지자는 건

바빠서 헤어지자는 말을 들었다. 말도 안 된다고 생각했다. 삶의 매 순간이 여유로만 가득 찰 순 없다. 여유 있을 때도, 여유가 없을 때도 소중한 사람은 지키라고 있는 거다. 바쁘다고 내팽개칠 정도면, 딱 그 정도까지만 좋아했다는 의미다. 자신의 여유가 애인보다 중요했던 거다.

바빠서 헤어지자는 거 결국엔
마음이 없는 거더라.
마음이 있다면, 미안한 마음에
이해를 구하는 게 먼저였을 테니까.

온도 차이

식어가는 모습 보는 거 상처다. 여전히 뜨거운 난, 네가 더 차갑게만 느껴지기에. 그러니 감정이 식을 때가 있더라도 너무 티 내지는 않았으면 좋겠다. 더 따뜻해지려고 노력해 줬으면 좋겠다.

온도 차이 때문에 서로에게 상처가 되는 일이 없었으면 좋겠다.

24
한숨
〜〜〜〜

한숨을 내쉴 때마다 널 좋아하던 마음이 숨결에 빠져나가는 기분이었다. 말이나 행동으로는 문제가 해결되지 않을 때, 더는 말도 행동도 하지 않게 된다. 그저 한숨만 내쉴 뿐. 그건 이해해서가 아니라 참고 버티는 거고, 참고 버티는 건 언제나 그리 오래가진 않았다. 사랑받고 싶고, 행복해지려고 하는 연애인데 참고 버티면서 유지할 만큼 인생을 낭비하고 싶진 않기에.

이해한 게 아니라 참아온 건데,

너만 그걸 모르는 거 같더라.

미련은 미련에서 끝내자

헤어지고 나면 남이다. 전 애인이 어떻게 살든 관심을 가져서도 안 되고, 가질 필요도 없다. 각자의 삶으로 돌아간 것이고, '우리'라는 관계가 우리에겐 어울리지 않았던 것뿐이다. 그래서 헤어질 당시에는 죽도록 미워도, 헤어짐을 서서히 받아들이게 되는 거다.

함께해서 더 행복했으면 뭐든 불사해서라도 함께했을 텐데, 불행해서 헤어졌던 거니까.

재회는 신중하게

좋아 죽을 거 같던 사람이었는데, 이별을 결심할 정도로 문제가 있었던 거다. 당장에 보고 싶다는 마음이 있다고 해서 그 문제가 해결되는 게 아니더라. 사랑하는 마음이야 연애 당시에도 있었고, 그럼에도 이별을 하게 된 거니까. 재회를 결심하려면 마음을 재확인하는 걸 넘어서 문제에 대한 해결책이 꼭 필요하다.

안 그러면 같은 이유로 또 헤어지길 반복한다.
재회는 첫 만남보다 더 신중해야 한다.

그냥 날 좋아하지 않은 건데

내 잘못을 찾으려고 참 많이도 애썼다. 넌 그냥 날 좋아하
지 않은 거였는데. 네가 말하는 모습으로 바뀌어도, 무리
한 요구를 다 수용해도 넌 어차피 떠날 사람이었는데. 결
국 자기 입맛에 안 맞는 이유로 날 떠날 만큼 딱 거기까지
만 날 좋아했던 건데. 난 거기서 온갖 이유를 찾아가며 스
스로를 바꿔가려고 애썼다. 헤어지고 나서 보니, 네 입맛
대로 바뀌어 있는 내 모습만 남아있더라.

이런저런 핑계 대지 마. 그냥 날 좋아하지 않은 거잖아. 사실
대로 말하면 될 걸 온갖 이유를 붙이는 바람에 더 상처받은
거였어.

원했든 원하지 않았든

만나지 말았어야 할 인연은 없다. '이 사람은 내 인생에서 없어야 했어.'라고 생각할 때, 그 사람과 지낸 시간이 무의미해지니까. 설령 무의미할지라도 그 순간을 선택한 게 나라는 점에서 교훈을 얻어야 한다. 같은 실수를 반복하지 않겠다는 교훈. 시간은 영원한 게 아니니까. 순간순간들에 가치를 부여하지 않을 때, 사람은 후회와 회의감 속에서 빠져나오기 힘든 걸지도 모른다.

너와 헤어진 후, 꽤 오랜 시간 후회와 회의감 속에서 빠져나오지 못했다. 1년 가까이 거의 외출하지 않았고, 모든 관계에 소홀했었다. 끼니도 잘 챙기지 않아 혈색도 변했고, 눈빛도 매서워졌다. 그때의 난 나를 망가뜨리기 위해 최선을 다하고 있었다. '첫사랑이었고, 아픈 것도 처음이라서 더 아프게 느껴지는 거겠지.'라고 설명하기엔 부족한 느낌이었다.

너에게 더 좋은 사람이 되지 못해서 이런 끝이 온 건 아닌지, 결과를 이해하기 위해 언제부턴가 나를 깎아내리기 시

작했다. 그렇게 1년 동안 참 많이 아파했다. 1년이 지나서
야 이런 생각이 들었다. '떠난 사람을 위해서 이렇게 길게
아파야 할 이유가 뭐지?'라는 생각.

원했든 원하지 않았든 끝이 났다. 그렇다고 해서 내 삶이
멈춘 것도 아니고, 과거가 없었던 일이 되는 것도 아니었
다. 그러니 할 수 있는 건,

내 잘못이랑 너의 잘못을 분리해서 생각하는 거였다. 네 잘
못은 내가 바꿀 수 있는 게 아니니까, 연애하면서 부족했던
내 문제점들만 고쳐나갔다. 그렇게 고쳐나가니, 허무하게 끝
나 버린 연애도 내게 교훈을 주고 있었다. 좋았던 기억들은
추억으로 생각하게 됐다.

넌 정말 사랑스러운 사람이었다. 그러니 앞으론 너만큼 사랑
스러운 사람을 만날 생각이다. 너랑 함께한 시간이 무의미하
지 않기 위해서. 더 발전한 모습으로 나아가고 싶다.

상처받지 않으려면 용기가 필요하다

상처 주는 걸 이해해선 안 된다. 상처 주는 걸 이해하면, 나는 그 사람에게 언제든지 그렇게 대해도 되는 사람이 된다. 선이라는 건 한 번 넘기 시작하면 그다음부터는 쉽게 넘을 수 있는데, 그럴 때 다시 한 번 분명한 선을 긋지 않으면, 상대에겐 애초에 선이 없던 거처럼 행동할 여지가 생긴다. 비슷한 순간에 비슷한 방식으로 상처 주는 걸 반복하게 된다. 내가 나를 먼저 지켜야 한다. 그래야만 상대도 나를 지켜준다. 침범해선 안 되는 선을 분명히 긋고 나를 지키고 있어야만 상대도 나를 존중하는 법이다.

상처 주는 걸 이해하지 말고, 상대가 나를 존중하게 만들기. 좋은 관계를 유지하기 위해선 선이 필요하다.

갑자기가 아니라

헤어지자는 말에 넌 갑자기 왜 그러느냐고 물었다. 그 말을 들는 순간 네가 그동안 내 서운함을 얼마나 가볍게 여겨왔는지 알게 됐다. 갑자기가 아니라 정말 많은 순간에 서운함을 얘기했기에. 그런데도 넌 한결같이 날 서운하게 만드는 일들을 해왔다. 난 이런 사람이니 네가 다 맞추라는 식으로. 결국엔 그 한결같음에 지쳤고, 지쳐서 마음이 떠났고, 마음이 떠나는 동안에 넌 아무것도 하지 않았다.

갑자기가 아니라 오래전부터 말했던 건데,
그 말을 너만 못 듣는 거 같더라.

좋아해도 헤어지는 순간

좋아해도 헤어진다는 말을 이해하지 못했다. 헤어졌다면 딱 그만큼만 좋아했기 때문이라는 결론에서였다. 그런데 인연을 반복하며 느낀 건 좋아해도 헤어지는 인연이 있다는 사실이었다. 내게도 그런 사람이 있었다. 헤어지는 순간에도 좋아하는 마음은 컸고, 헤어진 후로도 계속 보고 싶었던 사람. 그런데도 재회할 수 없었던 이유는, 좋아하는데도 이별을 말했을 만큼 상처가 커서였다.

좋아하는데도 이별을 말할 만큼
상처가 컸기에.

보고 싶다는 마음만으로는

'이런 사람은 내 생에 더는 없겠지.'라는 생각이 들었다. 되돌아보니 좋았던 기억들만 머릿속을 맴돌았다. 힘들어서 헤어졌는데, 헤어지고 나니 좋았던 기억들만 떠오르다니 모순적이었다. 이런 생각도 순간일지 모른다며 마음을 다잡았다. 늘 느끼기에 감정은 현실보다 훨씬 변덕이 심하다. 현실이 그 자리에 있는 것에 비해 감정은 이리 갔다 저리 갔다 참 본능적이니까. 보고 싶다는 감정이 현실을 직시하지 못하게 하는 것, 더는 하기 싫었다.

보고 싶다는 마음만으로 달려가기에
현실은 상처투성이니까.

5

위로의 한마디

예쁜 시간을 주는 사람에게 사랑받길

그토록 예쁜 시간을 참 별로인 사람에게 버리진 마시길.
당신의 가치를 알고, 가장 예쁨을 주는 사람에게 온전히 사
랑받길. 내 가치를 모르는 사람 옆에선 아무리 예뻐도 예
쁘기 힘들고, 내 가치를 아는 사람 옆에선 예쁜 것보다 더
예뻐질 수 있기에, 그런 사람 곁에서 사랑받으시길.

당신의 가치를 아는 사람에게 온전히 사랑받길 바랄게요.

무너지기엔 아까워서

그 사람 때문에 무너지기엔 당신이 아까워요. 상처도 선택
해야 한다고 생각해요. 상처받을 가치가 있는 일에만 상처
받는 것. 그래야 아파하고, 반성하는 것에도 의미가 있어
요. 나름의 성장이 있고, 더 좋은 인연을 만나는 계기가 되
니까요. 그런데 참 별로인 상대 때문에 무너지면, 그 무너
짐 때문에 얻는 것보다 잃는 게 더 커요. 소중한 사람들에
게 줘야 할 감정을 소모하니까요.

참 별로인 상대 때문에 무너지기엔
당신이 아까워요.

03

마음껏 좋아할 수 있는 사람을 만나세요

연애하면서 상대에게 줘선 안 되는 걱정이 '이별 걱정'이에요. 마음껏 좋아하기에도 부족한 시간인데, 이별 걱정을 하게 만드는 건 제대로 사랑을 못 줬다는 의미니까요. 그럼 반대로 지금 내가 계속 이별 걱정을 하고 있다면, 제대로 사랑받지 못하고 있다는 거죠. 이별 걱정을 하게 되는 불안감의 원인이 내게 있다면 다른 얘기지만, 상대에게 있다면 당당하게 말해야 해요.

"난 이별 걱정 없이 마음껏 좋아하고 싶어."라고요. 사랑받기에도 모자란 시간에 상처받으면서 연애하진 마세요.

04
기대가 현실을 가리기도 해서

아닌 걸 알면서 괜한 기대를 갖는 건 자신을 아프게 하는 일이에요. 아니라는 생각이 들었다면 그건 단순히 기분 문제가 아니거든요. 그런 생각을 하게 된 계기가 있었을 거예요. 원인이 없는 결과는 잘 없으니까요. 그 원인이 사소해 보여 대수롭지 않게 여겼거나, 그걸 너무 원한 나머지 아닌 걸 알면서도 마음속 경고를 무시했던 거죠. 그 외에도 다른 이유가 있을 수 있겠지만 '왜 아니라고 생각한 건지' 곰곰이 되돌아볼 필요가 있어요.

기대가 커서 현실을 제대로 못 보면, 나중에 더 상처받게 되니까요.

상대의 잘못을 나 때문이라 생각하지 말 것

사귀면서 어떤 문제가 생겼을 때 잘잘못이 뚜렷한 경우도 있지만, 아닐 때도 있어요. 누구의 잘못이라고 말하기엔 크고 작은 문제들이 너무 얽히고설킨 경우죠. 그럴 때 모든 문제를 다 내 잘못으로 돌려선 안 돼요. 상대의 잘못까지 내 것으로 돌리면 관계에 발전이 생기지 않으니까요. 내 것이 아닌 문제를 내가 해결하면, 가까운 미래에 똑같은 문제가 또 발생할 확률이 높고, 문제를 발생시킨 상대는 자신의 잘못을 모르니 내가 희생하는 결과가 반복될 거예요. 그러니 잘잘못을 제대로 따지는 과정이 필요해요. 내 잘못은 내 것, 네 잘못은 네 것이라는 태도가 필요해요.

상대의 잘못까지 내가 책임지는 거, 나를 버리는 연애의 시작이에요.

안 좋은 행동도 습관이 된다

습관이 무서운 이유가 있어요. 관계에도 습관이 있어요. 애인이 초창기 만남 때부터 지금까지 반복해온 행동이 있다면, 그건 이제 습관일 확률이 높아요. 가령 '미안하단 말 대신 좋아한다고 말해주기' '힘들다고 말하면 꼭 곁에 있어주기' '애인이 싫어하는 음식은 피하기' 등등. 이런 건 좋은 습관일 수 있죠. 문제는 실수를 반복한다거나, 안 좋은 행동을 반복할 때 생겨요. 그게 지속적이면 습관이 되어있을 확률이 높거든요. 술 마시면 연락이 단절되고, 애인한테 내 모습을 계속 속이고, 쉽게 거짓말하고 이런 안 좋은 것들이 습관이 되었다면 고치기가 매우 힘들어요.

습관이 되지 않으려면 안 좋은 행동은 두 번 이상 반복하지 마세요. 반대로 애인이 안 좋은 행동을 계속하고 있다면, 정말 과감하게 얘기해야 해요. 그 행동이 내게 얼마나 상처인지 확실히 얘기해야 해요. 안 그러면 그 일을 계속 보게 될 거예요.

07
가장 예쁜 연애

부품이 딱 맞아서 합체되는 거처럼 내게 딱 맞아떨어지는 사람을 만날 순 없어요. 사람은 부품보다 훨씬 복잡한 존재니까요. 딱 맞다가도 안 맞고, 안 맞다가도 딱 맞는 게 사람이에요. 잘 안다고 생각할 때 가장 모르고, 가장 모른다고 여길 때 그 사람에게 공감할 수 있는 게 사람이니까요. 굳이 부품에 비유하자면 사람은 실시간으로 형태가 바뀌어 예측하기 힘든 부품일 거예요. 그러니 어딘가에 딱 맞아 들어갔다고 하더라도 평생 유지될 수는 없어요. 평생 함께하고 싶은 사람이 있다면 서로의 변화를 존중하면서 함께 바뀌어가는 과정을 거칠 수밖에 없는 거죠.

인연을 맺다 보면, 참 잘 맞는다 생각한 그 사람이 어느 순간 안 맞고, 서로에게 부족해 보일 때가 있을 거예요. 그럴 때마다 자책할 필요는 없어요. 자신의 부족함이 뭔지, 우리 관계에 어떤 변화가 생겼는지 그걸 찾아내면서 스스로도 바뀌어 가면 돼요.

예측할 수 없는 인생에서

예측할 수 없는 변화를 그럼에도 연인과 함께하는 것.

그게 가장 예쁜 연애 같아요.

08
애인만 바라본다는 건

사람의 생물학적인 특징은 정신적인 특징이랑 연결되어 있는 거 같아요. 가령 사람의 눈은 여러 각도를 동시에 볼 수 없어요. 뭔가를 집중해서 보고 있으면, 그 대상 외에는 흐릿해져요. 정신도 마찬가지라 생각해요. 하나에 집중하고 있으면 다른 일에 완벽하게 집중하긴 힘드니까요. 이건 장점인 동시에 단점 같아요.

예를 들어, 연애할 땐 애인만 바라볼 수 있어요. 그 사람의 좋은 점만 보이기도 하고요. 하지만 시선이란 게 언제까지나 한 곳에만 머물 순 없잖아요. 그 사람의 단점이 보이는 시기도 와요. 문제는 그럴 때 여태까지의 장점은 흐릿해지고, 단점만 보일 수 있다는 거예요. 좋아 보였던 사람이 안 좋게 보이는 데는 이런 생물학적 특징도 작용하는 거 같아요.

다행인 건, 사람은 의도적으로 자신이 서 있는 위치를 바꾸거나 시선을 돌릴 수 있어요. 그러니 너무 한 곳에서 하나의 측면만 봤다 싶을 땐 다른 위치에서 다른 측면으로 그 사람을 볼 필요가 있어요. 그러면 그 사람의 흐릿해졌던 장점이 다시 보일 수도 있고, 반대로 용납이 됐던 단점이 너무 크다는 사실을 알게 될 수도 있어요. 그게 어떤 결과를 부르던 사람의 생물학적 특징을 감안하면 반드시 필요한 과정인 거죠. 상대의 진짜 모습을 수용하기 위해서라도요.

또한, 사람은 여러 가지 모습을 가지고 있어요. 그러니 한 모습만 보고 그 사람을 판단하는 건 나중에 크게 후회하는 일이 될 수도 있어요.

09
기다려주는 사람을 만나세요

사람은 좋아하는 사람 앞에선 본능적으로 변해요. 사랑은 이성으로 따지기에는 너무 유혹적이거든요. 그러니 사귄지 얼마 안 되었거나 연애가 한창일 땐 더욱 본능적일 수밖에 없어요. 보고 싶은 마음을 참으면서 연락을 안 할 이유가 없다는 거예요.

그러니 한창 연애할 때
기다리게만 하는 사람은
마음이 부족한 거라 말하고 싶어요.
날 기다려주는 사람을 만나세요.

행복에도 조건이 있다면

많은 사람이 행복을 바라요. 행복이 이뤄질 가능성에 믿음
도 가져요. 그런데 삶은 생각보다 더 시리고 아픈 법이에
요. 아무리 예쁜 믿음이라도 이루어질 수 없을 때가 많거
든요. 믿음들이 다 이루어지기엔 세상엔 너무 많은 믿음이
존재하니까요. 내 믿음이 다른 누군가에겐 불행이 되기도
하니까요. 그래서 행복해지기 위해선 다가올 아픔과 상처
를 극복할 용기 역시 지녀야 하는 걸지도 몰라요. 누군가
의 행복을 내가 받는 것일지도 모르니까요.

불행을 극복할 용기와 각오를 갖는 것.
어쩌면 행복의 조건일지도 모르겠어요.

마음을 악용하지 않는 사람

예쁜 마음도 통하는 사람한테만 줘야 해요. 좋아해서 뭐든 잘해주는 건데 그걸 '만만함'이나 '함부로 대해도 됨'이라는 어이없는 태도로 보답하는 사람들이 있거든요. 좋아하는 감정을 악용하는 거예요. 이런 사람이랑 마음을 주고받다 보면 생기는 공통적인 특징이 있어요. '나 자신을 버리는 연애'를 하게 돼요. 나 혼자만 좋아하고, 상대는 나를 쉽게 생각하니 그럴 수밖에 없어요. 그러니 내 호의를 상대가 고마워할 줄 모르고, 이 관계에서 나만 양보하고 있다는 생각이 든다면 제발 멈추세요. 멈추거나 그 상대와 진지한 대화를 하세요. 상황을 바꾸셔야 해요.

좋아하는 감정을 악용하는 사람은 사랑받을 자격이 없으니까요.

좋은 사람들로 주변을 채우세요

관계란 내가 나일 수 있는 이유라고 생각해요. 가령 부정적인 사람들로 내 주변을 채우면 부정적인 말을 자주 들을 테니 어느새 나도 부정적인 사람이 되어 있을 확률이 높아요. 반면에 긍정적인 사람들이 내 주변에 많다면, 그 에너지를 받다 보니 나도 긍정적인 생각을 자주 하게 돼요. 그러니 사람을 제대로 알고 싶으면, 그 사람의 친구들을 보라는 말이 괜히 나온 게 아닌 거죠.

내 주변을 좋은 사람들로 가득 채우세요. 완벽한 사람들만 만나거나 내 입맛에 맞게 관계를 쳐내란 건 아니에요. 누구에게나 장단점은 있고, 힘든 관계도 살아가면서 필요해요. 성장의 기회가 되니까요.

다만, 날 부정적으로 만드는 사람들에게 마음을 많이 주지는 마세요. 어차피 끝날 관계니. 그 시간에 소중한 사람들을 위해 시간을 쓰는 게 훨씬 유익해요.

자존감을 잃게 만드는 사람

사람은 실수했을 때 본모습을 드러내요. 자기밖에 모르는 사람은 실수했을 때 그걸 결코 인정하지 않아요. 오히려 남 탓으로 돌리거나 적반하장 화를 내죠. 그런 사람과 함께 있으면 자존감이 떨어져요. 모든 게 다 내 탓인 것만 같거든요. 그 사람의 별로인 행동까지 다 내가 책임지는 거 같거든요.

실수를 인정하지 않는 사람은 소중한 사람의 자존감을 떨어뜨려요.

14
소중한 사람일수록 어려워해야 해요

프로가 됐다는 건, 내 일이 전보다 쉬워진 게 아니라 어려워졌다는 의미예요. 일을 깊이 있게 보게 됐다는 의미예요. 일하는 요령은 생겼겠지만, 책임감도 커졌기 때문에 요령만으로 일할 수도 없어요. 관계도 마찬가지라 생각해요.

한 사람과 오래 관계를 맺다 보면, 상대와 나 사이의 관계에서 프로가 된다고 생각해요. 그건 상대가 예전보다 쉬워졌다는 게 아니에요. 더 많이 알게 된 만큼 더 많이 배려할 게 생겼다는 의미예요. 상대를 대하는 요령이 생겼을 순 있겠지만, 요령만으로 대해선 안 된다는 의미예요.

잘 안다고 소중한 사람을 쉽게 생각해선 안 돼요.

15

불행보다 나를 더 망가뜨리는 것

힘든 일을 겪었을 때, 그 사건의 실체보다 나를 더 망가뜨리는 게 있어요. 그건 현실을 있는 그대로 받아들이지 못하고 힘든 일을 겪기 전의 내 모습에 집착하는 나 자신이에요. 일어난 일을 부정하거나 혹은 부정하지 않더라도 힘든 상황에서 벗어날 용기를 못 내는 거죠. 그럴 때 꼭 떠올리셔야 해요. 이러한 일조차도 결국에는 지나갈 수밖에 없다는 걸요. 날 과거에 묶어둘 정도의 불행한 일조차도 결국에는 끝날 수밖에 없다는 걸요. 그 사건에 오래 얽매여 있을수록 미래의 내가 후회할 일은 더 커진다는 사실을 떠올려야 해요.

선택할 수 없는 과거보다 선택할 수 있는 지금의 삶에서 가능성을 찾는 게 불행에서 빨리 벗어나는 방법이었어요.

말이 아니라 그 사람의 선택을 보세요

말은 거짓말을 할 수 있어도 선택은 거짓말을 못 해요. 상
대가 나와 관계를 맺는 동안에 어떤 선택을 해왔는지 돌아
보세요. 그 선택이 참 별로였다면, 아무리 예쁜 말로 포장
하려 했어도 참 별로인 행동을 한 거예요.

말이 그 사람을 보여주는 게 아니라,
선택이 그 사람을 보여주는 거니까요.

그 사람의 진짜 모습

내가 완벽할 수 없듯이 애인도 완벽할 순 없어요. 그런데 애인한텐 기대치가 커서 은연중에 완벽한 모습을 바랄 때가 있어요. 완벽한 모습을 바라면 작은 단점만 봐도 크게 실망하는 법이고, 장점은 당연하게 보게 돼요. 결국, 애인은 가장 공감해주길 바라는 사람이 자신의 단점만 지적해서 자존감이 떨어질 수밖에 없고, 나중에는 잘할 수 있는 것조차 못하게 되어버려요.

상대에게 완벽한 모습을 바라지 마세요. 그 사람의 단점을 봤을 땐 '이런 장점이 있는데, 이런 단점도 있구나.'라고 생각하는 게 좋아요. 장단점을 동시에 봐야 해요.

사실 이제야 그 사람의 진짜 모습을 본 거예요. 장점만 본 건 진짜 그 사람의 모습을 본 게 아니거든요. 한쪽 측면만 본 거니까요. 또한 잊어선 안 되는 건 나도 단점이 있는 사람이란 사실이에요.

이유 없이 날 미워하는 사람

관계에도 상성이란 게 있어요. 성격, 성향, 가치관, 분위기와 같은 것들이 나랑 잘 맞아서 처음부터 좋은 관계로 형성되는 사람이 있는가 하면, 아무리 만나도 친해지기 힘든 사람도 있어요. 아주 사소한 것들이 친해지기 힘든 이유일수도 있어요. 가령 어릴 때 날 괴롭혔던 동네 친구와 닮았다든가 풍기는 분위기가 싫다든가와 같은 이유요. 미움받는 입장에선 불합리한 이유들이죠. 그러니 이런 사람들에겐 집착할 필요가 없어요. 자신만의 이유로 나를 싫어하는 것이니, 그것만으로도 그 사람에게 집착 안 할 이유는 충분한 거죠.

다만, 나도 너 싫다는 식으로 대놓고 티를 내거나, 아예 차단하면서 관계에 편식하란 건 아니에요. 이 사람은 '감정적'으로 나와 안 맞는다 생각하고 있으니, 나 역시도 감정적인 기대만 하지 않으면 돼요. 그러면 상처받을 일이 줄어들어요. 내게 호의적인 사람이 많으면 좋지만, 그런 사람들만으로 관계를 맺을 순 없으니 나와 상성이 맞지 않은 사람과는 적절한 거리를 두고 사귀는 게 현명할 때가

있어요. 적으로 만들지 마시고, 적절한 거리의 타인으로
두세요.

이유 없이 날 미워하는 사람에게서 이유를 찾으려 하면 돌아
오는 건 상처뿐이에요.

19
헤어지자는 말을 쉽게 하는 사람

감정은 수시로 변해요. 상황이 그대로인데 감정은 변하기도 해요. 감정은 현실보다 훨씬 유동적이거든요. 어제와 똑같은 오늘인데 오늘은 괜히 우울할 때가 있는 것처럼요. 그래서 조심해야 해요. 감정적인 판단이 위험한 이유기도 해요. 지금 내린 판단이 불과 10분 뒤면 후회스러울 때도 있으니까요.

그래서 감정적인 사람을 만나는 건 조심스러워요. 쉽게 결정하고, 그 결정을 쉽게 번복하니까요. 매번 그 결정을 진지하게 받아들이는 입장에선 속이 타요. 그걸로 인해 받는 상처도 가볍지 않고요.

아무리 좋아하는 사람이라도 쉽게 헤어지자는 말을 꺼내고, 쉽게 재회를 말한다면, 그 사람을 믿지 않아요. 지금이야 최선을 다해 미안하다고 사과하겠지만 또 헤어지자는 말을 할 테니까요. 또 쉽게 상처를 줄 테니까요.

재회는 첫 만남보다 더 신중히

재회할 땐 각오가 필요해요. 같은 문제에 또 직면했을 때 그 문제를 유연히 넘길 거라는 각오. 상대가 변할 거란 기대는 해선 안 돼요. 그건 내 의지가 아니라 상대의 의지니까요. 상대가 노력한다고 해도 변하는 데는 시간이 걸릴 수 있어요. 그러니 같은 문제에 직면했을 때 상황을 유연히 넘기지 못하면, 헤어지고 만나길 반복하는 프레임 속에 갇히게 돼요.

또한, 재회할 땐 현실적인 문제도 고민하세요. 이 사람과 어디까지 갈 것인가 생각해야 해요. 이별을 반복하고도 함께한다는 건 이 관계가 더 진중한 관계로 나아간다는 의미거든요. 이 사람과 힘듦까지도 함께 이겨내는 길을 선택한 거니까요. 그러니 나중에 현실적인 문제에 부딪혀서 또 헤어질 게 아니라면, 이전보다 구체적인 계획을 세울 필요도 있어요.

어쨌건 재회는 신중해야 해요.

상처받아야 할 일에만 상처받으세요

누군가 내게 상처를 줬다면, 힘든 감정을 느끼기 전에 생각해야 할 게 있어요. 그 누군가가 내게 상처를 준 이유요. 그 이유를 빨리 파악할수록 상황 판단을 빨리할 수 있어요. 문제의 원인이 내가 아닌 그 사람에게 있다면, 갈등을 와해할 방법을 찾을지언정 상처받을 필요는 없거든요. 그건 그 사람의 문제지 내 문제가 아니니까요.

완벽한 사람은 없기에 약점을 잡아서 상처 주려면 누구든 상처를 줄 수 있어요. 예외는 없어요. 그런데도 좋은 관계를 유지하는 사람들을 보면 갈등 속에서도 서로에 대한 최소한의 예의는 지켜요. 상대에게 예의를 지키지 않았다면 사실 감정적인 처사일 가능성이 크고, 상대의 감정 때문에 일일이 상처받아야 할 필요는 없는 거죠.

그 사람의 잘못과 내 잘못을 구분하고, 상처받아야 할 일에만 상처받으세요. 그 사람이 겪어야 할 아픔을 내가 겪을 이유는 없어요.

재회의 이유가 될 수 없는 이유

헤어져서 힘들다는 게 재회의 이유가 되어선 안 돼요. 힘
들어서 헤어졌는데 힘들다고 재회하면 또 힘든 걸 반복하
는 거잖아요. 그래서 쉽게 재회하는 게 아니라는 말이 나
오는 거예요. 쳇바퀴 돌듯 힘든 걸 반복하고, 같은 이유로
헤어지니까요. 헤어진 사람과 다시 만나려면 명백한 대책
이 필요해요. 감성으로 연애를 시작했다면, 재회만큼은 이
성으로 하세요. 다시 만나도 헤어지지 않을 이유를 이성적
으로 찾은 후에 해야 해요.

감성으로 연애를 시작했다면, 재회만큼은 이성으로 하세요.

시간을 갖자는 말

'시간을 갖자는 말'로 관계를 지켜보기로 했다면, 그 기간은 썸 타는 기간이랑 비슷해요. 관계를 계속 유지할 수 있을지 간을 보는 거거든요. 계속 만나기 위해선 상대에게 잘해야 해요. 그런데 썸 탈 때야 좋은 모습만 보여도 서로에게 반할 여지가 있지만, 시간을 갖는 기간은 달라요. 이미 좋은 모습도 많이 보여줬고 그럼에도 문제가 있으니 이런 기간을 갖자는 말이 나온 거니까요. 이 기간에 상대에게 잘한다는 건 개선의 여지를 보여주는 거예요.

사랑하는데도 이별을 고려하게 만든 문제점들을 개선할 여지를 보여줘야 해요. 그래야만 만남의 여지가 있는 거예요.

순간순간들에 가치 부여하기

'이 사람은 내 인생에서 없어야 했어.'라고 생각할 때, 그 사람과 지낸 시간은 무의미해져요. 설령 무의미할지라도 그 순간을 선택한 게 나라는 점에서 교훈을 얻어야 해요. 같은 실수를 반복하지 않겠다는 교훈. 시간은 영원하지 않으니까요.

순간순간들에 가치를 부여하지 않으면,
시간을 잃었다는 생각 때문에
후회 속에서 빠져나오기 힘든 걸지도 몰라요.

의지해줘서 고마워

정지된 공간에다 널 예쁘게 담으려고 유튜브로 독학한 사진 지식을 총동원했다. '내가 연인을 예쁘게 바라봐야만 사진도 예쁘게 찍는다는 말'을 들은 후로 사진 공부를 하고 있다. 하지만 아무리 예쁘게 바라봐도 사진 기술이 없으면 잘 찍지 못하는 게 맞는 거 같은데… 이 말을 처음 한 사람은 사진 공부를 해야 하는 정성까지 생각하고 말한 걸까.

사진을 찍기 위해 도시 외곽에 있는 대나무 숲으로 왔다. 건물들 사이로 대나무 숲이 있다는 게 신기했다. 그곳에서 널 예쁘게 담으려고 온 힘을 다해 사진을 찍었는데, 우린 서로의 엽사를 구경하면서 더 깔깔거렸던 거 같다.

사진을 다 찍고, 대나무 숲 샛길을 자전거로 달렸다. 말도 안 되게 예쁜 풍경과 더 말도 안 되게 예쁜 너. 그런데 그만 실수했다. 앞서가던 난 모랫길에서 속도를 줄이지 않았고, 따라오던 네가 미끄러지고 말았다. 크게 다친 넌 일어서질 못했다.

구급차를 기다리며 너를 꼭 끌어안았다.

언젠가 너에게 물었다. "가장 좋았던 기억이 뭐야?"라고.

너는 "무릎 다쳤을 때"라고 대답했다. 의외의 대답에 깜짝 놀랐다. 지금도 네 무릎엔 그때의 흉터가 있으니까. 사실 네가 날 원망하지는 않을까, 후유증이 생기지는 않을까 늘 조마조마했었다. 계획 세워가며 치료했지만, 상처가 완전히 사라지지는 않았으니까. 넌 설명을 더 했다. "오빠가 매일 아침 병원에 데려다줬잖아. 나을 때까지. 그게 좋았어."

좋아하는 사람이 아픈 건, 내가 아플 때보다 더 아픈 거였다. 하지만 네 말을 듣고는 생각했다. 그 시간들은, 우리가 꼭 좋은 일이 아니라 힘든 일도 함께 나눌 수 있다는 걸 알게 해줬다고. 힘든 순간을 공유한 만큼 서로를 더 마음 편하게 의지할 수 있게 됐으니까.

그렇게 말해줘서 정말 고맙고, 의지해줘서 고마워.

매달리는 것도 가치 있는 사람에게만

매달리면 그 사람밖에 안 보여요. 온 신경을 한 사람에게만 집중하니 매달린다는 표현을 쓰는 거거든요. 좋아하는 사람에게 온전히 집중하는 건 행복한 일이지만, 놓아야 할 사람에게 매달리는 건 불행한 거예요. 놓아야 하는 한 사람에게 집착하게 되니까요. 날 망가뜨리는 사람에게 온 신경을 집중하는 거라서 스스로를 무너뜨리게 돼요. 그러니 보내야 할 사람에게 매달리지 마세요. 합리적인 이유가 있더라도 매달리는 건 그럴 가치가 있는 사람에게만 해야 해요.

매달리지 않는 것으로
스스로를 지켜야 할 때도 있어요.

상처도 선택의 문제

나쁜 사람은 착한 사람을 나쁘게 봐요. 자신들만의 이유로
요. 그래야지 자신들의 행동이 정당화되거든요. 그래서인
지 종종 모순적인 상황이 생겨요. 착한 사람은 착한 행동
을 한 것뿐인데 욕을 먹는 거예요. 참 별로인 사람한테요.
참 별로인 사람이 자신만의 기준으로 욕을 한 거죠. 그런
사람들의 말과 행동에 일일이 휘둘리지 맙시다. 욕을 먹고
상처를 받는 것도 선택해야 해요. 적어도 내가 욕먹을 짓
을 분명히 했고, 욕하는 사람도 정당한 이유가 있을 때만
상처받으세요. 상처받고 다음에는 그러지 마세요. 그렇게
성장하고 나아가면 돼요. 그런데 별로인 사람이 자신만의
이유로 뱉어내는 욕에 상처받으면 얻을 게 없어요. 오히려
스트레스만 쌓여서 남들에게 상처 주는 행동을 할 수도 있
어요. 그러니 그런 말과 행동은 철저하게 무시하거나 확실
히 맞섭시다. 그게 자신을 지켜내는 길이에요.

상처받을 가치가 있는 일에만 상처받으세요. 이것도 선택의
문제예요.

희생에 대해서

희생 없이는 연인 관계가 유지되지 않아요. 얻기 위해선 뭔가를 내줘야 하는 법이잖아요. 하다못해 시간이라도 써야지 그게 뭐든 얻을 수 있잖아요. 그런데 상대를 위해 시간 투자도 하지 않고 그 무엇도 양보하지 않는다면, 그건 공짜로 사랑을 얻으려고 하는 거예요. 그런 이기심을 상대가 모를 리가 없거든요. 결국에는 진심이었던 사람도 그러한 꾸준한 이기심 앞에선 무너져요. 연애에도 희생이 필요해요. 어디까지 내어줄 수 있을지의 문제일 뿐, 필연적인 거예요.

희생하지 않는 사람이라면, 당장의 연애보다 중요한 가치가 있는 게 아닐까요.

자책하는 당신에게

자책하는 건 당신이 충분히 예쁘다는 방증이에요. 당신이 생각하는 당신의 모습보다 실제 당신의 모습이 더 예쁘다는 증거예요. 자책은 누군가가 나로 인해 상처받는 걸 싫어해야만 할 수 있는 거거든요. 참 예쁜 마음인 거죠. 그런데 이 예쁜 마음도 지나치면 스스로를 망가뜨려요. 자책은 지나치면 후회가 되고, 후회가 지나치면 회의감이 들어서예요. 스스로의 문제점을 깨닫고, 그걸 개선하는 데까지만 자책하세요. 그게 지나쳐서 예쁜 당신의 모습마저도 잠식하진 않으셨으면 해요. 누구나가 문제점을 품고 살아가지만, 그걸 자책할 줄 아는 건 소수라고 생각해요. 당신의 그 예쁜 모습과 발전 가능성을 후회와 회의감으로 물들이진 마시길.

자책하는 당신이 참 예쁜 사람이기 때문이라 말하고 싶어요.

최선을 다했지만 거절당했을 때

최선을 다했지만 거절당했을 때 떠올리면 좋은 게 있어요. 그 사람은 자신의 가치를 알아주는 사람을 잃었다는 것과 내 가치를 보지 못해서 인연을 놓쳤다는 사실을요. 그 이 상도 그 이하도 아니어야 해요. 항상 생각하셔야 해요. 내 가치를 모르는 사람에겐 언제나 내가 아깝다는 사실을요. 내 가치를 모르는 사람과 이어지는 건 쓸 줄 모르는 전자 기기를 들고 있는 거랑 다를 바가 없거든요. 만약 그 사람 과 이어졌다면 제 기능을 못 하는 삶을 살았을지도 몰라 요. 그것만큼 불행한 삶이 어디 있겠어요. 그러니 거절한 사람은 놓아버리시면 돼요. 내 가치를 알아주는 사람을 잡 으세요.

내 가치를 모르는 사람에겐 언제나 내가 아까운 거예요.

당당히 아파할 권리

아픈 거에 크고 작은 건 없어요. 상처에도 개성이 있다는 걸 인정합시다. 사람들 생긴 게 제각각인 거처럼 아픔을 느끼는 것도 제각각인 거예요. 단순하고 명확한 논리인데 인정하지 않는 사람들이 많아요. 살아온 인생이 다르잖아요. 같은 일을 겪더라도 경험한 게 다르고, 느끼는 게 다르다면 아픔도 다르게 느낄 수 있는 거예요. 그걸 인정하지 않으면 누군가의 아픔을 비웃는 것이고, 자신만의 잣대로 타인을 판단하는 거예요. 아마 종종 있었을 거예요. 왜 그렇게 유난 떠는지 모르겠다는 시선을 받을 때가. 그리고 그런 시선에 익숙해진 나머지 눈치를 보면서 아파해야 했던 순간들이요. 당당하게 유난 떠세요. 만약 누군가 당신이 아파하는 걸 유난이라고 말한다면, 그 사람은 자신만의 잣대로 당신을 판단한 것일 테니. 당당하게 아파하세요. 내 아플 권리까지 침범당할 필요는 없어요.

아프면 아프다고 당당하게 말하셔야 해요.

6

상처를 지우는
말들

01

닿지 않은 이유

그 사람에게 마음이 닿지 않은 이유는, 그 사람에겐 당신을
좋아할 자격이 없기 때문이에요. 그 자격이란 건 당신의
가치를 아는 것이에요. 아무리 예쁜 보석이라도 가치를 모
르면 돌멩이에 불과하듯이 가치를 몰라주는 사람에게 당
신은 너무 아까울 뿐인 거죠. 그러니 마음이 닿지 않을 땐
아쉬워할 필요가 없어요. 자격이 있는 사람에게 마음을 주
세요.

당신의 가치를 모르니,
당신의 진심을 받을 자격이 없는 거예요.

갑을관계로 연애하지 않으려면

사과할 필요 없는 일에 사과하지 마세요. 다 받아주면 상대는 날 만만하게 대해요. 관계를 지키기 위해 가장 필요한 건 '내 권리'를 잃지 않는 거예요. 내 권리를 잃으면서 연애하면, 아무리 좋아하는 사이라도 갑을관계가 돼요. 남들한테는 하지 못하는 행동을 나한텐 하면서 당연한 이해를 바라요.

관계를 지키기 위해 가장 필요한 건 내 권리를 지키는 거예요.

03

소중한 사람의 기준

연애하면서 자존감이 떨어질 때가 있어요. 그게 내 개인의 문제로 인한 거라면, 연애를 계기로 스스로를 돌아보는 것도 좋아요. 자존감이 높은 건 삶 전반에 걸쳐서 매우 긍정적인 요소로 작용하니까요. 반면, 상대 때문에 자존감이 떨어졌고 그게 지속되고 있다면, 그 사람은 내게 좋지 않은 사람일 확률이 매우 높아요.

자존감을 떨어뜨리는 건 사람의 가치를 실시간으로 떨어뜨리는 것과 같거든요. 자존감은 스스로를 빛나게 해주는 건데, 가장 소중한 사람이 그걸 불가능하게 만든 거예요. 애인을 계속 어둡게 만드는 사람이 사랑을 해봤자 얼마나 진심이겠어요.

자존감을 떨어뜨리는 사람은 결코 소중한 사람이 아니에요.

04
적을 만들지 마세요

이유 없이 나를 싫어하는 사람에게서 이유를 찾으려고 하지 마세요. 그 사람은 자신만의 이유로 당신을 싫어하는 거니까요. 적절한 거리를 유지하세요. 꾸준히 봐야 하는 사람이라면 '적'으로 돌리는 것보다 딱 남 정도의 거리를 유지하는 게 좋아요.

적이 되면 공격할 여지를 주게 되지만, 남 정도의 거리에서 딱 이해관계만 오간다면 적이 되는 것보단 덜 피곤하니까요.

누구에게나 기회를 줄 필요는 없어요

한 번 싫어진 사람을 좋아하는 건 낯선 사람을 좋아하는 것보다도 훨씬 어려운 일이에요. 한 번 신뢰를 깬 사람은 또 그럴 수 있다는 잠재적 위험도 있죠. 그러니 잘못을 저지르고 뻔뻔한 태도로 기회를 달라는 사람은 참 어린아이 같아요. 편하게 잘못을 저질렀고, 편하게 기회를 달라고 말하지만, 피해자는 불편하게 피해를 보았고, 용기를 내서 기회를 줘야 하는 거니까요.

자기 잘못에 대해서 뻔뻔한 사람에게 기회를 주지 마세요. 힘겹게 기회를 주더라도 노력하는 건 나 혼자일 확률이 매우 높거든요.

06

빨리 믿으면 상처받기 쉬워요

좋아하는 사람이 생기면 그 사람을 믿고 싶지만, 좋아하는 감정만으로 사람을 믿으면 실망할 일이 생겨요. 호감이란 상대의 단편적인 모습만 볼 때도 느낄 수 있는 감정이거든요. 가령 상대에 대해서 많은 걸 알지 못하고도 사랑에 빠질 수 있다는 게 그 증거인 셈이죠. 첫인상, 겉으로 드러나는 배려, 성격의 단면에 반할 때도 있으니까요. 그러니 상대가 많이 좋아도 만난 지 얼마 안 되었다면, 그 사람의 진짜 모습을 좋아하기 전까지는 천천히 믿음을 주는 게 좋아요.

처음부터 너무 믿음이 크면 생각과는 다른 그 사람의 모습 하나하나에 실망하게 돼요.

07

지금이라서

지난날의 예쁨을 그리워할 필요가 없어요. 그때가 그때라서 예뻤던 것처럼 지금은 지금에만 예쁠 수 있는 순간들이 있으니까. 지금 날 빛나게 해주는 가치들에 시선을 주세요. 지금을 헛되게 보내지 않아야 이 순간을 후회하지 않을 테니까요.

지금에만 빛나는 순간들이 있어요. 과거의 예쁨에 빠져있느라 지금의 가치를 놓치지 마세요.

이기적이어도 돼요

가끔은 오직 나만을 위한 선택을 할 수 있어야 해요. 그래
야 후회가 남지 않아요. 삶에서 나를 정의할 수 있는 요소
는 내가 살아오면서 해왔던 선택들이에요. 그런데 그 선택
들이 누군가의 강요 혹은 다른 사람만을 위한 선택밖에 없
다면 정작 난 뭘 좋아하는지도 모르게 돼요. 자신이 뭘 좋
아하는지 모르니 자신이 어떤 사람인지도 모르게 되고요.

안타깝게도 우리 사회는 개인주의보다는 집단주의 성향이
강해서 어릴 때부터 집단의 선택을 강요받은 사람이 많아
요. 선생님 말씀 잘 듣는 아이가 착한 아이라는 말을 듣고
자랐을 거예요. 하지만 무조건 선생님 말씀을 잘 따르는
아이라면 어떻게 자기 생각을 키울 수 있고, 자신만의 선택
을 해나갈 수 있겠어요. 때론 황당한 질문도 하고, 충돌도
있는 게 더 아이다운 거 아닌가요. 그 와중에 선생님과 제
자 사이에 유대가 생겨야 하는 거죠. 사회에 나와서도 마
찬가지예요. 모두의 선택에서 벗어난 선택을 할 기회란 쉽
게 찾아오지 않죠.

집단의 선택이 무조건 나쁘다는 건 아니에요. 규율이 없으면 집단 자체가 유지되지 않을 테니까요. 다만, 규율이나 관습이라는 이유로 내 삶이 너무 많이 침범당하는 게 문제예요. 가끔은 벗어나 보세요. 모든 걸 다 거스르라는 의미는 아니고, 작은 것에서부터라도 나만을 위한 선택을 해보세요. 당장 나 자신만을 위한 선택을 하라니 막막하다면, 나만을 위한 취미를 만들어도 좋고 스스로에게 뭔가를 선물해주는 것도 좋다고 봐요. 누구의 눈치도 보지 말고, 오직 나를 위한 선택을 해보세요.

나를 설명할 수 있는 무엇을 스스로 만들어가는 것. 저는 그게 삶의 행복이라고 생각하거든요.

우산을 접을 용기

삶에서 우울한 일은 비 내리는 거랑 비슷해요. 수시로 찾아오고, 예고했던 거랑 다르게 찾아오기도 해요. 분명한 건, 비가 그치듯 우울한 일도 그친다는 거예요. 그런데 문제는 비랑은 다르게 우울함은 너무 오래 내리면 마음에 잔상이 남아요. 우울한 상황은 그쳤는데, 여전히 우울한 감정이 비처럼 내리는 거 같아 우산을 쓰고 있게 돼요. 실제로는 햇살이 날 비춰주고 있는데도 그 햇살을 우산으로 막게 돼요. 직설적으로 얘기하면, 이 상황을 벗어날 좋은 기회가 왔는데도 안 될 거라고 으레 짐작하고 시도조차 안 할 때가 있는 거예요.

힘든 일들의 잔상, 깊은 우울감은 쉽게 떨쳐지는 게 아닌 건 맞아요. 그럼에도 햇살이 비춘다면 들고 계신 우산을 접으셔야 해요. 빛을 마주하지 않으면서 몸이 따뜻해지길 바랄 순 없거든요. 우산을 접으세요.

우산을 접으시면 전보다

꽤 괜찮은 하늘을 보실 수 있을 거예요.

후회 알고리듬

후회에는 알고리듬이 있어요. 적당한 후회는 자신을 성찰하는 측면이 있어서 상관이 없지만, 지나친 후회에 빠져있으면 나를 잡아먹는 알고리듬이 형성돼요. 지난 일을 후회하느라 지금을 제대로 못 살고, 제대로 못 산 지금을 미래에선 또다시 후회하는 알고리듬이요. 계속 후회가 반복되는 연쇄작용이 일어나는 거죠. 그러니 후회에 갇혀 계신다면 빠져나오셔야 해요. 지금 끊어내지 않으면 후회는 더 불어날 뿐이니까요.

후회란 그렇게 커지면서 돌고 돌아요.

11

삶이 다 지루할 때

누군가를 사랑하는 열정도, 일에 대한 집념도, 좋아하는 취미도 어느 순간엔 다 지루할 때가 있어요. 더 이상 좋아하지 않는구나 싶겠지만 섣불리 판단하기보단 잠깐 쉬어보세요. 마음에는 에너지 한도가 있어요. 여기저기서 마음을 쓰다 보면 에너지가 바닥나는 순간이 와요. 흔히 말하는 현타가 오는 거죠. 그 시기엔 뭘 해도 재미가 없어요. 새로운 뭔가를 시도해도 금방 싫증이 나요. 마음에 에너지가 없으니 즐길 힘도 없는 거예요. 그럴 땐 쉬는 게 좋아요. 억지로 뭔가를 하려다가 자칫 잘못하다간 소중한 것들의 가치를 낮게 평가하여 잃을 수도 있거든요. 그저 내 마음이 지쳤을 뿐인데 덜 소중해졌다고 착각하는 거죠. 나중에 소중하다는 걸 깨달아도, 잃은 걸 되찾는 건 힘들어요.

모든 게 지루하다면, 잠시 쉬어가라고 마음이 신호를 보내는 거예요.

12
어려운 사람

어려운 사람이 되세요. 이해관계로 얽힌 남이 내게 이기적으로 못 굴 정도로, 가까운 사람이 날 존중할 정도로 어려움을 주세요. 날 너무 편하게 생각하게 해선 안 돼요. 좋은 관계는 마냥 편할 때가 아니라 서로를 존중하고, 서로의 권리를 인정해줄 때 생겨나요. 상대가 날 어느 정도 어려워해야 가능한 일이에요. 관계에 벽을 만들라는 건 아니에요. 내 권리를 챙기고, 싫은 건 싫다고 말해야 한다는 의미예요.

반대로 생각하면, 싫은 걸 싫다고 말할 때 멀어질 사람에겐 집착할 필요가 없는 거죠. 그건 그 사람이 내 권리를 무시하고, 이기적으로 굴고 있다는 증거니까요.

13

좋은 인연을 남기는 법

좋은 인연과 아닌 인연을 구분하려면 모두에게 한결같이 잘해주세요. 그럴 때 어떤 사람은 더 많은 걸 요구해요. 또 어떤 사람은 받은 만큼 잘해줄 거예요. 똑같이 잘해줘도 대하는 태도가 사람마다 다를 거예요. 노력하고, 잘해줬는데 나한테 소홀하다고 해서 상처받을 필요는 없어요. 잘해 줬는데도 자기밖에 모르거나 배신하는 사람은 '나 참 별로인 사람이에요!'라고 표현해주는 거거든요. 그럴 땐 자기소개 잘해준 거니 고맙게 여기고 거르면 되는 거예요.

잘해줬는데 내게 상처 줘서 혹은 인간관계에 회의감이 들어서 아무도 안 만나는 경우가 종종 있어요. 그럴 필요가 없다는 얘기예요. 그럴수록 더 많은 사람에게 한결같이 잘해주세요.

그들 중에서 몇몇은 또 위와 같은 방식으로 걸러질 거예요. 그렇게 거르고 거르면서 좋은 인연이 내 주변에 남는 거예요.

애초에 없었던 것처럼

내 안에 있는 '선'. 그러니까 누군가에 대한 원망을 놓지 못하는 '선', 행복할 수 없다는 착각의 '선', 도전하기에 늦었다는 '선', 나를 짓밟고 초라해지기를 멈추지 못하는 '선', 좋아하는 게 두려워서 미워하는 걸 선택한 '선', 용서하지 못하는 '선', 아닌 것을 아니라고 말하지 못하는 '선', 좌절의 '선', 질투의 '선', 어차피 나는 안 될 거라는 '선', 쉽게 포기하는 '선', 책임지기를 두려워하는 '선' 등등. 외에도 나를 구속하는 정말 많은 선이 존재할 수 있어요. 제안할게요.

이러한 '선'이 있다면
그 반대로 행동해보세요.
애초에 그 선이 없었던 거처럼.

15

끝을 받아들여야 하는 순간

살면서 끝을 받아들여야 하는 수많은 순간을 마주해요. 그중에는 내 의지로는 어찌할 수 없는 끝도 있어요. 힘겨운 일이지만 그런 일들이 살면서 빈번히 일어나요. 그럴 때 우리가 할 수 있는 건 끝난 일에 대한 집착을 여운 정도로 생각하는 것, 다음 시작을 위해 몸을 움직이는 게 아닐까 싶어요. 끝난 일에 집착하면 어떠한 시작도 할 수 없고, 몸도 마음도 움직이지 못한 채 우울감에 빠지게 되거든요. 그렇게 시간을 버리면 다가오는 기회조차 날리게 돼요. 끝난 일보다 더 좋을 수도 있는 그 기회들을 날리는 거죠.

어쩔 수 없는 끝이 있듯이 삶에는 생각지도 못한 좋은 시작도 있어요. 그러니 일단 뭐든 움직여보세요.

16

내가 더 좋아하는 연애

내가 더 좋아하면 힘들 수밖에 없어요. 내 기대치는 큰데 상대는 항상 내 기대치보다 떨어지는 행동을 할 테니까요. 그게 힘들다면 날 더 좋아해 주는 사람을 만나시면 돼요. 하지만 이 사람 아니면 안 되겠다 싶을 땐 마음을 닦달하지 말고 기다리셔야 해요. 더 많이 좋아하는 입장에서 상대에게 닦달하면, 상대는 기본적으로 내게 매력을 못 느끼게 되거든요. 한마디로 지치게 돼요. 힘드시겠지만 상대의 속도를 배려하셔야 해요. 처음에는 이런 상황 자체가 서운할 수밖에 없지만, 시간이 지나면 '내가 더 좋아하는 연애'의 장점들이 보이게 돼요.

작은 행동에도 감사할 줄 아는 것, 섬세하게 노력하는 것, 애인의 입장을 배려하는 것 등등, 지금 내가 누군가를 진심으로 사랑하고 있다는 장점이요.

행복을 포기하지 마시길

내가 힘들다고 다른 사람을 원망하지 마시고, 행복을 포기
하지 마시고, 스스로에게 상처 주지도 마시길. 삶에서 날
힘들게 하는 것들에 집중하지 마시고, 날 행복하게 하는 것
들에 시선을 집중하시길.

변화를 두려워하지 마시고, 긍정적인 변화에 첫걸음을 디딜
정도로 용기를 지니시길. 응원할게요.

가치 없는 사람, 가치 있는 사람

이 세상을 전쟁터에 비유하면 오늘 누군가는
당신이 모르는 은밀한 공간에서
당신의 심장을 저격했을지도 모르죠.

어떤 무리는 탱크를 몰며
길가에 핀 꽃을 짓밟듯이
우리들의 꿈과 희망을
짓밟았을지도 모르죠.

하늘에 떠 있는 저 높은 곳의 사람은
얼굴도 모르는 우릴 향해
이기심이란 이름의 폭탄을 떨어뜨렸을지도 모르죠.

하지만 어때요.
당신은 여전히 살아있어요.
저격수의 은밀한 총알도,
무자비한 탱크의 전진도,
폭격에도 당신은 살아있어요.

그건 당신의 존재가

그들이 휘두르는 폭력보다 강하다는 의미예요.

그러니 그들이 걸어오는 싸움을 무시하고,

하늘에 떠 있는 별을 보는 건 어때요.

당신의 사랑에게 미소 지어주는 건 어때요.

사랑에게 미소 짓는 당신은 별보다 빛날 테니까요.

지구에서 쏜 총알이 별에게 닿지 않듯,

그들의 폭력 또한 별보다 빛나는 당신에겐

닿지 않을 거예요.

별로인 사람들은 그렇게 살라고 하고, 가치 있는 사람들과

행복한 순간들을 보내시길.

19
끊어내야 하는 사람이라면

유혹적이지만 해선 안 되는 게 눈앞에 있을 때는 당장 드는
생각과 반대로 생각하는 게 유용해요. 가령 다이어트 중에
맛있는 음식을 보면 저것만 먹으면 가장 행복할 거 같은데,
그걸 반대로 생각하는 거죠. 저것만 먹고 나면 가장 불행
해질 거란 사실을 떠올려요. 실제로 그러니까요. 이걸 관
계에도 적용해보세요. 참 별로인 사람과 헤어졌을 때, 그
런데도 그 사람과 재회하고 싶을 때 위의 방식으로 생각해
보세요.

당장엔 그 사람 아니면 안 될 거 같지만,
그 사람만 아니면
행복할 거란 사실을 떠올려보세요.

좋은 사람인지 알고 싶을 때

많이 좋아하면 상대를 객관적으로 보기 힘들어요. 좋아하기 시작하면 상대에 대한 객관적인 시선보다는 그 사람이 좋은 사람이길 바라는 막연한 기대에 이끌릴 수 있어서예요. 그러니 상대의 진짜 모습을 보게 됐을 때 배신감을 느끼기도 하고, 왜 맨날 이런 사람만 만나는 걸까 스스로를 자책하는 순간도 생기는 거예요.

연애 초창기 혹은 사귀기 전일 때, 상대가 좋은 사람인지 분간하기 좋은 방법이 있어요. 현재 그 사람이 너무 막연하게 좋다면 한 번쯤 써볼 만한 방법이에요. 상대를 동성으로 여겨보는 거예요. 그 사람이 동성이라는 가정하에 평생 친구로 지낼 사람일지 고민해보세요. 친구로 지내기에도 부족함이 없어야만 해요. 친구로도 안 사귈 거 같으면 평소 내가 어울리는 사람과는 상반되는 사람이라는 의미거든요. 지금은 좋아하는 마음만으로 뭐든 할 수 있을 거 같지만, 서로의 진짜 모습에 반해야 하는 시기가 왔을 땐 실망할 수 있다는 의미기도 해요. 신중을 기할 필요가 있는 거죠.

그 사람을 동성이라 생각해보세요.

친구로 사귀기에도 부족함이 없어야만 해요.

누군가의 정답 때문에 상처받지 마세요

누군가의 정답 때문에 상처받을 때가 있어요. 상대가 정답이라며 내 의견을 무시하는 경우예요. 그 누군가의 의견은 때론 꽤 합리적으로 들릴 수도 있어요. 하지만 중요한 건 정답이 맞고 틀리고가 아니에요. 그 사람이 날 얼마나 존중하면서 자신의 의견을 고집했는지가 중요한 거죠.

그 사람의 말대로 내 의견이 틀렸을 수 있어요. 하지만 그 사람이 날 존중한다면 자신의 정답을 내게 설득하려 했을 거예요. 왜 그런지 이유를 말했을 거예요. 설득하지 못했다면 가까운 한 사람을 설득하지 못했으니 시간을 두고 고민해야 할 문제인 거예요. 설령 그런 시간조차 없다면, 상황의 다급함에 대해서 설명해야 해요. 이러한 과정들을 죄다 무시하고 자신만이 정답이라고 고집한다면, 그 사람은 날 존중하지 않는 사람이에요. 자신의 정답이 우리 관계보다 더 중요한 사람이니까요. 생각해보세요. 자신의 정답만이 소중한 사람, 날 존중하지 않는 사람과 앞으로 어떤 소통을 할 수 있을지.

그 사람은 결국 소중한 사람을 잃는 오답을
정답이라 말하고 있는 건 아닐지.

22

가벼운 말, 무거운 말

말에는 무게가 있어요. 감정이나 관계에 따라 달라지는 무게가 아니라 그 사람이 날 얼마나 소중히 여기느냐에 따라 달라지는 무게예요. 가령 날 소중히 대하는 사람의 말은 무게가 커요. 그 사람은 자신의 말에 책임이 따를 거란 걸 확실히 알고 있기 때문이에요. 함부로 뱉은 말 때문에 관계가 틀어지길 원하지 않기 때문이에요. 그런 사람의 말은 그렇지 않은 사람의 말보다 신중할 수밖에 없어요.

반대로 날 소중히 대하지 않는 사람의 말은 비교적 무게가 가벼워요. 겉으로 보기에는 더 날카롭고 더 감정적으로 보일 순 있겠으나, 그건 말에 책임감이 적어서 뱉을 수 있는 과감함인 거지 날 더 소중히 여겨서가 아니에요. 과감하기 때문에 더 제대로 말할 수 있을 거 같더라도, 소중하지 않은 사람이 나에 대해 과연 얼마나 잘 알고 있겠어요. 모르는 만큼 가벼운 말일 때가 많아요.

만약 처음 보는 사람이 혹은 나를 잘 모르는 사람이 조언인 것처럼 상처 주는 말을 쉽게 뱉는다면, 그건 조언이 아니니

충분히 반박하서도 돼요. 가벼운 말에는 가벼운 태도로 응답하는 게 나를 지키는 일이 되기도 해요.

소중하지 않기에 더 과감해질 수 있는 거예요. 그러니 상대가 과감한 말을 쉽게 뱉는다면 상처받을 가치가 없는 거예요.

23

노력했는데도 서운하다면

연인 관계에서 노력이 성사되려면 두 가지 조건이 서로 부합해야 해요. '상대에게 유효한 노력을 할 것' '내가 원하는 속도와는 다르더라도 상대의 노력을 인정할 것' 이 조건들이 서로 부합하지 않으면 어느 한쪽이 서운함을 느낄 수 있어요. 가령 상대에게 유효한 노력을 하지 않으면, 노력은 했는데 상황은 변하지 않아서 갈등이 깊어져요. 반대로 유효한 노력을 했지만, 상대가 그걸 인정하지 않으면 지쳐서 더는 노력할 수 없게 돼요. 그러니 뭔가 노력해야 하는 상황이 왔을 때 말씀드린 두 가지 조건을 생각해보세요. 잘 맞춰가는 계기가 될 수 있어요.

'상대에게 유효한 노력을 할 것.'
'내가 원하는 속도와는 다르더라도
상대의 노력을 인정할 것.'

24
실패라 느꼈던 사람

실패하고 멈춰 선다면 그건 실패가 되고, 뭔가를 하고 있다면 그건 과정이 되는 거 같아요. 인연에서도 마찬가지가 아닐까 싶어요. 실패라 느낄 정도로 상처로 끝난 인연이 있다면, 거기서 멈추지 마시길. 미련은 내려놓으시고, 더 나은 인연이 다가왔을 때 기꺼이 그 사람의 손을 잡으시길. 그토록 아팠던 순간들이 새로운 인연을 위한 과정이었을지도 모르니까요.

그토록 힘든 순간에서 멈추면 실패가 되고, 나아가면 실패라 여겨졌던 순간조차 과정이 돼요.

소중한 사람의 사전적 의미

소중한 사람이란 소중히 대하라는 의미예요. 소중하게 대하지 않을 땐 소중한 사람으로 남아있지 않는다는 뜻이에요. 그런데 연애하다 보면 상대를 소중히 대하는 마음이 익숙함으로 바뀌는 때가 있어요. 익숙하고 편해진 나머지 소중한 마음이 덜해지는 거죠. 그럴 때 생각하셔야 해요. 애인을 소중한 사람으로 만드는 건 내 태도라는 사실을. 내가 애인의 소중함을 모르게 되면, 애인은 더는 소중한 사람이 아니게 된다는 사실을요. 내가 소중히 대하지 않는데 상대가 어떻게 소중한 사람으로 계속 남아있을 수 있겠어요.

소중한 사람의 사전적 의미가 있다면, 소중히 대하라는 의미라고 생각해요.

26

별로인 사람과 헤어지고 힘들 때

별로인 사람과 헤어지고 힘들다면 생각해보세요. 사람은 끼리끼리 끌린다고 하잖아요. 그 사람은 자신과 똑같은 사람을 만나려고 떠난 거예요. 별로인 사람의 기준에선 괜찮은 사람을 알아보기 힘들거든요. 딱 자신의 기준에서 좋은 사람을 찾게 돼요. 애초에 그 이상을 가진 당신에게 어울리는 사람이 아니었던 거죠. 그런 사람에겐 미련도 아까운 거예요. 그러기엔 당신이 아까우니까요. 매 순간 좋은 사람을 만날 순 없을 거예요. 열 길 물속은 알아도 한 길 사람속은 모르니까요. 어쩔 수 없이 별로인 사람을 만났다면, 붙잡지 말고 보내는 게 그나마 방법이라 생각해요. 여태까지 함께한 시간을 아까워하지 마시고, 그 시간 속에서 교훈을 얻되, 그 사람과 비슷한 사람을 만나지 않으려고 노력하시면 돼요.

그 사람은 자신과 똑같은 사람을 만나려고 떠난 거니까요.

딱 그만큼의 마음

딱 그만큼의 마음이었던 거예요. 늘어놓는 이유를 이겨낼 만큼의 마음이 없었다는 거예요. 헤어지는 이유가 무엇이든 이제는 그 이유가 사랑보다 크다는 거예요. 그러니 그 이유에 설득되어서 더 아픈 이별을 겪지 마세요. 그 사람은 마음이 부족한 걸 그렇게 설명한 것뿐이니까.

물론 내게 문제가 있다면 앞으로 고쳐야 할 부분일 거예요. 하지만 그 문제들은 시간을 두고 차츰 바꿔야 할 문제예요. 이별 앞에서 자책해야 할 문제는 아닌 거죠. 자책한다고 나아지는 건 없으니까요. 그리고 무엇보다 이별 앞에서 한 사람만이 피해자일 순 없어요. 그 사람이 자신만이 피해자라며 장황한 설명을 늘어놓았다면 더더욱 그래요. 평소에 그 사람이 얼마나 자기중심적이었고 연인의 감정을 배려하지 않았는지 알 수 있는 대목이니까요.

기억하셔야 해요. 그 사람은 피해자가 아니에요. 당신이 가해자도 아니에요.

28

불행한 사람은 따로 있어요

불행한 일보다 불행한 감정에 오래 머물러 있지 마시길. 불행한 감정이 행복의 가능성을 차단하도록 내버려두지 마시길. 본인이 사랑받고 행복할 수 있는 사람이란 걸 아셔야 해요. 그 어떤 누구도 당신의 그런 자격을 가져갈 수 없음을, 그걸 가져가려는 사람이야말로 세상에서 가장 불행해져야 마땅한 최악의 인간이란 걸 말씀드리고 싶어요. 그런 인간이 멀쩡하다면 당신은 그보다 더 멀쩡히 행복하셔야 해요. 그리고 분명한 건, 타인에게 불행을 주는 사람은 결코 좋은 사람을 만날 수 없다는 사실이에요. 별로인 사람과 인연을 맺는 그 사람은 살면서 진정한 행복을 알아갈 기회가 없을 테니까요. 그저 잘 사는 척하는 것일 뿐.

이미 망해버린 인생을 사는 그 사람과의 인연을 이제는 끊어내실 때예요.

29
좋아한다는 이유만으로

상처받지 않기 위해서 미리 기대를 접어야 하는 거라면 스스로에게 되물어야 해요. 기대할 수 없는 사람에게 행복하려는 기대를 해도 되는 것인지. 결국엔 행복하려고 관계를 이어가는 거잖아요. 그 사람과의 관계에서 하나둘씩 기대를 접는 게 내 행복을 접는 일이 되어선 안 되는 거죠. 그러니 기대를 접을 땐 그 허용치가 어디까지일지도 생각하셔야 해요. 다르게 얘기하면 상대를 위해 내가 양보할 수 있는 게 어디까지일지 생각하셔야 해요. 좋아한다는 이유만으로 다 양보하는 건 내 행복을 포기하는 일이 될 수도 있으니까요.

접지 말아야 하는 기대를 접으면 결국 마음도 접힌다는 사실. 그러니 양보의 허용치를 정하고, 그걸 상대와 조율하는 게 중요해요.

만남을 만남으로 극복하는 법

같은 일이 반복될까 봐 사람 만나는 게 두렵다면, 아무도 만나지 않을 때 그 두려움은 더 커진다고 말하고 싶어요. 그때의 문제를 극복하게 해줄 좋은 사람을 만날 수 있는 가능성을 차단하는 거니까요. 물론 다시 만난 사람이 예전과 비슷한 문제를 안겨줄 수는 있어요. 만나보니 또 별로더라 싶을 때가 있는 거죠. 하지만 좌절하실 필요가 없어요. 그런 사람에겐 그런 사람만의 역할을 부여하면 되는 거예요. 가령 참 별로였던 사람1에게선 거짓말을 구분하는 법을 배우시고, 참 별로였던 사람2에게선 자기밖에 모르는 사람의 특징을 배우시면 되는 거예요. 별로인 인연들에게 저마다의 역할을 부여하고, 그 역할에서 배우는 안목들로 진짜 인연을 알아보면 되는 것 아닐까요.

그러니 지난 인연 때문에 새로운 인연을 두려워하지 마시길.

잘 맞는 사람, 잘 맞춰주는 사람

잘 맞는 사람을 찾고 싶을 때 생각하시면 좋아요. 똑같으면 똑같아서 싸우고, 다르면 다르다고 싸운다는 사실을요. 그러니 싸우지 않기 위해서 잘 맞는 사람을 찾는다면 그건 불가능하다고 말하고 싶어요. 서로에 대한 기대치는 높고 생각하는 방식은 다르니 어떻게 안 싸울 수가 있겠어요. 오히려 다툼이 있어야 상대와 내 차이를 알게 되고, 다음에는 민감한 부분을 건드리지 않으려고 노력하게 되는 거죠.

잘 맞아서 다툼이 없는 게 아니라, 다투더라도 자기 고집만 부리지 않고 맞춰줄 줄 아는 사람을 찾는 게 좋다고 생각해요. 맞춰줄 줄 아는 사람은 상대를 이해하려고 노력하니까 시간이 지날수록 잘 맞는 인연이 될 가능성이 크죠.

그러니 잘 맞는 사람의 기준은
잘 맞춰줄 줄 아는 사람이 아닐까 싶어요.

32

힘들 때마다 상처 주는 사람

"걔는 원래 좋은 사람이야."라는 말은 성립할 수 없어요.
종종 이런 상황을 겪어요. 참 좋은 사람인데 상황이 문제
라는 식. 하지만 어떠한 상황 때문에 안 좋은 행동을 보인
다면 그 사람은 인생에서 종종 안 좋은 행동을 보이는 사람
일 거예요. 좋은 시기에 좋은 모습을 보이는 건 누구나 할
수 있고, 힘든 시기에 극복하려고 노력하고 가까운 사람에
게 상처 주지 않는 건 좋은 사람만이 할 수 있으니까요. 그
렇지 못했다는 건 좋은 사람이 아니라는 의미죠. 삶에는
굴곡이 있어요. 어떤 시기에는 좋지만, 어떤 시기에는 반
드시 힘든 순간이 와요. 그런 힘든 순간마다 별로인 모습
을 보인다면, 그 사람을 좋은 사람이라 말할 순 없겠죠. 힘
들 때마다 가까운 사람을 상처 입힐 테니까.

그러니 원래는 좋은 사람이라는 말은
성립되지 않아요.

6장 상처를 지우는 말들   *280*